歩き出したところで、
クラウスはいきなり眩暈《めまい》に襲われた。
ムーンスペル!!
霧の向こうに……

エルリーの詠唱《えいしょう》から生まれた鷹《たか》が、
魔力の炎と絡《から》み合うようにしてトピーアに襲いかかる！

影が腕を振り上げる。
「イルミラっ――」
悲鳴のような声が漏《も》れた。

ムーンスペル!!

霧の向こうに……

1121

尼野ゆたか

富士見ファンタジア文庫

152-2

口絵・本文イラスト　ひじりるか

目次

序　章　闇《やみ》の恐怖《きょうふ》　Fear Of The Dark

コティペルト王立フリン図書館。先代のコティペルト王国国王であるフォグラス・ピスロメン・コティペルトの肝煎《きもい》りで設立《せつりつ》された、コティペルト王国最大の学術施設《がくじゅつしせつ》である。

コティペルト王国自体の歴史の浅さもあって、蔵書《ぞうしょ》の量や質《しつ》に関しては他国の図書館に一歩譲《ゆず》る。しかし、利用者の快適《かいてき》さを追求した設備《せつび》の数々や、煩雑《はんざつ》な手続きを極力排した貸《か》し出し制度《せいど》などが高い評価《ひょうか》を受けており、一般層《いっぱんそう》を中心に愛されている。

『繫詞《けいし》専用《せんよう》の単語――いわゆる詠吟《えいぎん》名詞は、詠唱の中での「便利屋」として使われるのが一般的である。確《たし》かに詠吟名詞は様々な局面において非常《ひじょう》に有用であり、使い勝手も良い。だが、近年キャロライナ・トモティーらカイヌライネン王国の詠唱学者が明らかにしたとおり、詠吟名詞そのものが持つ属性《ぞくせい》が詠唱に作用するため、軽率《けいそつ》な使用は詠唱本来の性質を歪《ゆが》めることにも繋《つな》がりうる。たとえば、『赤血の空《ブラッドレッドスカイ》』などで使用されていることから有名な「仮借《かしゃく》の灼禍《しゃっか》」という詠吟名詞は、詠唱に絡《から》めると微量《びりょう》ながら炎浄寄《えんじょうよ》りの性質を与《あた》えることが数年前カンス公国で確認《かくにん》され——』

そのフリン図書館の片隅《かたすみ》で、モーリス・コントスは分厚《ぶあつ》い本と格闘《かくとう》していた。

一文字一文字を睨《にら》みつけるようにして読み進む。どんな見逃《みのが》しもないように、注意に注意を重ねて内容《ないよう》を吟味する。

王国詠唱士を目指して、早二年。そろそろ、結果を出さなければ辛《つら》い時期に入りつつあった。

鮮魚《せんぎょ》を売ることを生業《なりわい》とする父は、最近しきりとモーリスを港へ連れて行こうとする。理由をはっきり話すことはしないが、自分の跡継《あとつ》ぎとするべく教育を施《ほどこ》そうとしているとしか考えられない。

それだけは受け入れられなかった。子供《こども》の頃《ころ》、通っていた詠唱教室で初めて詠唱を成功させてからというもの、モーリスの人生設計は詠唱士を軸《じく》にして組み立てられ続けてきた。今更《いまさら》魚屋のオヤジに収《おさ》まるつもりなどないのだ。

閉館《へいかん》時間が近いのか、図書館の中にはほとんど利用者がいなかった。静かな空間に、頁《ページ》をめくる音が意外なほど大きく響《ひび》く。

今後の自身に関して不安がない、と言えば嘘《うそ》になる。しかし、ここ最近彼には希望が芽《め》生《ば》え始めていた。

何と言っても、組合の講義《こうぎ》で披露《ひろう》した自作の詠唱が高い評価を受けたことが最も大きな理由である。

最近の詠唱の流行や試験で評価される重要点を徹底《てってい》的に分析《ぶんせき》した上で、自分なりのこだわりを織《お》り込《こ》んだ自信作だっただけに、同じ級の仲間や講師《こうし》から誉《ほ》められたのはとても嬉《うれ》しかった。

その喜びは自信に姿《すがた》を変え、彼の中で確かに息づいている。体の底から力が湧《わ》いてくるようなこの感覚は、本当に久《ひさ》しぶりだった。

まだまだいける。自分はやれる。そんな言葉が、何度も耳の奥で響いている。

『以上の理論《りろん》は近年発掘《はっくつ》されたばかりであり、詠唱士界においての認知度《にんちど》は低いと言わざるを得ない。しかし、あえて断言《だんげん》すれば、これは第三次世界動乱《どうらん》時代に提唱《ていしょう》された「階層《かいそう》型《がた》詠唱理論」に匹敵《ひってき》しうる大発見であり、筆者としても力を入れて広めて行きたいと――』

そこまで読み進んだところで、モーリスは肩《かた》を誰《だれ》かに叩《たた》かれた。

「申し訳《わけ》ありませんが、そろそろ閉館時間なのです」

振《ふ》り返ると、そこには一人の老人が立っていた。この図書館の司書である。

「ああ、すいません」

モーリスは本を閉《と》じて小脇《こわき》に抱《かか》えると、老人に頭を下げて立ち上がった。

「いえいえ、勉強熱心なことはよいことですよ」

老人が温和な笑《え》みを浮《う》かべる。

「では、失礼します」

その老人に会釈《えしゃく》すると、モーリスは本を元の位置に戻《もど》すべく本棚《ほんだな》へと向かった。


外は、歩きづらいほどに薄暗《うすぐら》かった。月が雲の後ろに隠《かく》れ、朧気《おぼろげ》な光しか投げかけてくれていないのがその原因《げんいん》だ。

人気《ひとけ》がないということもあって、通りはまさに死んだように静まりかえっている。

モーリスは、この雰囲気《ふんいき》が苦手だった。静まりかえった闇は、心の奥深《おくふか》くに潜《ひそ》んでいる根元的な不安を呼《よ》び覚ます。

何が違《ちが》うというわけではない。理由もないのに、耐《た》え難《がた》いほどに恐怖心がかき立てられるのだ。

このまま通りにいると、きっとよくないことが起こる。モーリスはそう確信した。――早く、逃《に》げないと。

視界《しかい》が、薄く煙《けむ》る。霧《きり》がかかっているようだ。

――クレメンテ通りに霧がかかったことなど、あっただろうか。そんな疑問《ぎもん》が、モーリスの脳裏《のうり》に淀《よど》む。

行く手に、人が座《すわ》り込んでいるのが見えた。浮浪者《ふろうしゃ》の類《たぐい》かと一瞬《いっしゅん》思ったが、よく考えてみれば、最近王国警察《けいさつ》が住所不定の人間をまめに取り締《し》まっているのでその可能性《かのうせい》は低い。となると、突然《とつぜん》体調が悪くなった人やら飲み過《す》ぎで酔《よ》いつぶれている人かもしれない。客観的に見ても人がいい部類に入る普段《ふだん》のモーリスなら、助け起こすまでいかなくても側《そば》によって話を聞くことくらいはしただろう。しかし、今は勝手が違う。得体の知れない怯《おび》えが、彼の人格《じんかく》を著《いちじる》しく変えてしまっていた。

彼は足早にその場を通り過《す》ぎ、その転がっている何かに――背《せ》を向けた。

第一章　一攫《いっかく》千金大逆転　Money

あまり知られていないことだが、クレメンテ通りから少し入った住宅街《じゅうたくがい》のど真ん中に一つの古ぼけた建物がでんと鎮座《ちんざ》している。

この建物は正式名称《めいしょう》を『旧《きゅう》ティモンズ子爵別荘《ししゃくべっそう》』という。しかし、近隣《きんりん》住民からは簡潔《かんけつ》に『がらくた屋敷《やしき》』と呼《よ》ばれていた。確《たし》かに外見はかなりおんぼろであるが、がらくた呼ばわりはあんまりである。一応内装《いちおうないそう》は前期貴族《きぞく》時代の様式を色濃《いろこ》く残しているし、使用されている建築材《けんちくざい》も高級品ばかりなのだ。実に過小評価《かしょうひょうか》されている建物だと言える。

「——というわけだから、この詠唱《えいしょう》はとても失敗しやすいんだ。今から一度先生が発動させてみせるから、よく見ておいてね」

その『がらくた屋敷』の庭で、クラウス・マイネベルグは杖《つえ》を構《かま》えた。

「偉《えら》そうなこと言って、失敗するんじゃないのー」

「ほんとだほんとだー」

彼の前に居並《いなら》ぶ子供《こども》たち——シーパース詠唱教室の生徒たちが、わいわいと騒《さわ》ぐ。

「こらこら。先生をあまりバカにするんじゃない」

苦笑混じりにそう言うと、クラウスは精神《せいしん》を集中し始めた。

今から発動しようとしている『黒幻水《ブラックウォーター》』という詠唱は、実を言うとかなり難易度《なんいど》の高い詠唱なのだ。成功率《せいこうりつ》は八割程度《わりていど》。微妙《びみょう》な線である。

詠唱教室の講師《こうし》として、失敗は決して許《ゆる》されない。教室の威信《いしん》に関《かか》わるし、第一とんでもなく恥《は》ずかしい。

『命を孕《はら》むは黒の水、死の地を祓《はら》うは虚《うろ》の地図』

詠唱を始める。子供たちの視線が、自身に集まってくるのが分かる。口では失敗するだの何だの言っている彼ら彼女らだが、本当にクラウスがしくじるとは思っていない。シーパース詠唱教室の生徒たちにとって、クラウスは『詠唱の達人』なのだ。

『無味の大地が抱《いだ》き持つ、海の解知《かいち》を砕《くだ》き落つ。黒水遼化《こくすいりょうか》、独粋良架《どくすいりょうか》』

詠唱を組み上げ、杖を勢《いきお》いよく振《ふ》る。

「わぁぁ、すごーい！」

子供たちが歓声《かんせい》を上げる。

「ふう、上手《うま》くいったか……」

クラウスは安堵《あんど》の溜息《ためいき》をついた。

彼の少し前の辺りの地面から、黒い色をした水がぼこぼこと湧《わ》き出ている。成功だ。

「はい、これが『黒幻水《ブラックウオーター》』で生み出された魔力精製水《まりょくせいせいすい》ね。成分はほとんど普通《ふつう》の水と変わらないから、こんな色してるけどちゃんと飲めるんだよ」

クラウスの説明を聞き、子供たちは一様に目を丸くした。

「うっそー。なんかどうみても毒だよ」

こわごわと水を眺《なが》めながら、一人の子供が言った。

「大丈夫《だいじょうぶ》だよ。色が黒いのは、土の魔力を変換《へんかん》した時の副作用みたいなものだから」

元々、広大な砂漠《さばく》などで水を出来る限《かぎ》り大量に補給《ほきゅう》することを目的として編《あ》み出された詠唱なだけに、『黒幻水《ブラックウオーター》』は見栄《みば》えその他は二の次というつくりをしている。子供たちが不気味がるのも無理ない話ではある。

「この詠唱を発動させる時の注意事項《じこう》についてはさっき話したとおりだから、次は発動させてからの扱《あつか》い方についても少し話しておくよ」

そう言ってから、クラウスはおもむろに杖を振りかざした。

「このまま水が出るに任《まか》せていたら、魔力の無駄遣《むだづか》いになってしまう。だから、ここで少し工夫をするんだ」

口の中で呼吸《こきゅう》を計ってから、噴《ふ》き出す水の中心辺りに振り下ろす。

　すると、水の勢いが徐々《じょじょ》に弱まり、それまでの半分ぐらいの量になった。

　これは、詠唱に供給《きょうきゅう》されている魔力を減少《げんしょう》させる『魔力漸減《サプレッサー》』と呼《よ》ばれる手法である。詠唱というものは全《すべ》て魔力を原動力として様々な効果《こうか》を生み出しているのであり、その魔力の量を調節すれば効果の程度も自在《じざい》に操《あやつ》れるというわけだ。

「今やったのは、詠唱に使っている魔力を減《へ》らす方法。どうやるかっていうと――」

　クラウスはそこで言葉を切った。『魔力漸減《サプレッサー》』は大変感覚的な技術《ぎじゅつ》であり、果たして子供たちに理解《りかい》できるよう話せるかどうか自信がない。

　しかし、だからと言って適当《てきとう》に済《す》ませたら講師失格《しっかく》である。何とか分かりやすい言葉をひねり出そうと努力してみる。

「自分から詠唱に流れ込む魔力を意識《いしき》して、それを自分の中に閉《と》じこめたり出したりする感じだよ」

　我《われ》ながらまずい説明である。これで理解できたら天才かもしれない。

「わかんなーい」

「難《むずか》しいー」

　子供たちの間から、当然とも言える反応《はんのう》が返ってきた。クラウスががっかりしていると、

「そんなことございませんわ。今の先生の説明でわたくしは十分理解しましてよ」

一人の少女が進み出て、予想だにしないことを言った。

「ほんとかい、ターヤ？」

「ええ」

その少女──没落貴族《ぼつらくきぞく》の跡取《あとと》りであり、クラウスの教え子の中でも一番の実力者であるターヤ・パシコスキ・トルネは、自信満々に微笑《ほほえ》んだ。

「先生の教え、しっかり実践《じっせん》して御覧《ごらん》にいれましょう」

ターヤは透《す》き通った声で詠唱《えいしょう》し、あっさりと土から水を噴き出させることに成功した。

「むっ……」

完璧《かんぺき》と言っていい。一度目からこれだけ詠唱を使いこなせれば、教えることはほとんどない。

「次は、魔力を減らすのでしたわね」

落ち着いた様子でそう言ってのけると、続いてターヤは水の量を三分の一程度《ていど》にまで減少させた。

「いかがですか、先生」

いかがも何もあったものではない。あんな説明でここまで使いこなせるのなら、クラウスに教えを乞《こ》わずとも自分で魔術書《まじゅつしょ》なりなんなりで勉強した方がよっぽど上達が早そうである。

「……やはり、まだまだですわね」

ターヤが浮《う》かない声を出す。ここまで見事に発動させておいて、何が気に入らないというのだろう。

「御覧になって下さい、先生。水が止まってしまいました」

ターヤが地面を指差す。なるほど彼女が言うとおり、先程《さきほど》ターヤが噴き出させた水は綺《き》麗《れい》さっぱりなくなってしまっている。

「ああ、『魔力漸減《サプレッサー》』が効《き》き過《す》ぎちゃったんだね」

最初のうちはままある失敗である。『魔力漸減《サプレッサー》』は一度使用すると際限《さいげん》なく魔力を減らしていくので、頃合《ころあ》いのいいところで解除《かいじょ》する必要があるのだが、慣《な》れない間はそこまで気が回らないのだ。

「こう、なんて言うのかな、一度魔力の流れを閉じてからまた広げる感じかな。『魔力漸減《サプレッサー》』——というか、魔力を減らす方法っていうのは、一度使うといつまでも効き目が続いちゃうから。うまく操れるようになれば、最初のうちは魔力の弱いままで詠唱を発動させておいて、それから徐々に強めていったり、その逆に発動させてから魔力を集中させるって方法もある。こっちは『魔力漸増《ブースター》』っていうんだけどね」

何か例《たと》えになるものはないだろうか。周囲を見回してから、クラウスは一つ思い当たった。

手早く二回詠唱し、二つの水を生み出す。

「いいかい、これが『魔力漸減《サブレッツサー》』」

魔力の流れを意識する。片方《かたほう》の水が、その勢《いきお》いを弱めた。

「で、これが『魔力漸増《ブースター》』。減らした方の魔力をこっちに注《そそ》ぐ感じで」

どばっと、もう片方の水が突拍子《とっぴょうし》もなく強烈《きょうれつ》に噴《ふ》き出した。

「きゃっ」

ターヤが驚《おどろ》いて頭を覆《おお》う。

「はは、そんなに怖《こわ》がることないよ」

口ではそんなことを言いながらも、心臓《しんぞう》がばくばく動いていたりする。実を言うと匙加《さじか》減《げん》を間違《まち》えてしまったのだ。あそこまで派手《はで》にやるつもりはなかった。

「……まあ、こんな感じで。複数《ふくすう》の詠唱を同時に使ったりするとき、その力を調節するために使うためのものなんだ。詠唱士の技術の中じゃ、基本《きほん》的で必須《ひっす》なものの一つかな」

クラウスの言葉に、ターヤが不安そうな表情《ひょうじょう》を見せた。

「わたくし、きっちりと使いこなせるでしょうか……」

「大丈夫《だいじょうぶ》大丈夫。分からなかったら、分かるまでしっかり教えてあげるから」

「あ……ありがとうございますっ」

ターヤが嬉《うれ》しそうに微笑む。とりあえずこれでいいかとクラウスが安心していると、

「分かるまで、教えるってぇ、やっぱりぃ『こじんじゅぎょう』ってアレなのかなぁ」

「おおっ！　教師《きょうし》と教え子が遅《おそ》くまでいちゃいちゃとイケナイお勉強に耽《ふけ》るアレですね！」

とんでもなくとんでもない内容《ないよう》の会話が耳に飛び込《こ》んできた。

「パルミっ！　コニンっ！」

動揺《どうよう》を隠《かく》すべく大きな声を出す。

「わわっ、聞こえてたみたいだよぉ」

「あの慌《あわ》てぶりからみて、心にやましいところが大ありって感じですね！」

二人の少女が、怯《ひる》むことなくそんなことを言ってきた。

パルミ・アイネズとコニン・グレイヴス。いずれも、ターヤの親友である。

語尾《ごび》がたるんでいていかにもぼんやりしているのがパルミで、言葉の節々に必要以上の力が籠《こ》もっているいかにも好奇心旺盛《こうきしんおうせい》なのがコニンだ。これで、言葉遣《ことばづか》いがやたらと丁寧《ていねい》でいかにも育ちのよさそうなターヤを合わせて三で割《わ》れば丁度《ちょうど》いいのではないかとクラウ

スは思ったが、そうしたらそうしたでかえって突然変異《とつぜんへんい》したよく分からないものが誕生《たんじょう》しそうなのでやはりこのままがいいのだろう。

「というかそんなことはどうでもいい。二人とも、子供《こども》がそういうことを言うものじゃあないよ」

言ってしまってからクラウスは後悔《こうかい》した。子供を説得なり納得《なっとく》させるには、最も不適切《ふてきせつ》な論法《ろんぽう》である。

「ふむふむ。子供だ子供だと教え子に高圧《こうあつ》的な態度《たいど》を取って反論《はんろん》できないようにしつつ、気に入った生徒を手込めにする、と」

途方《とほう》もないまでに飛躍《ひやく》した論理が聞こえてきた。こんなたわけたことをほざくのは、問題児揃《もんだいじぞろ》いであるクラウスの教え子の中でも一人しかいない。

「ギルビー。お前は書き取りの宿題を他の人の五倍だ。覚悟《かくご》しろ」

クラウスの通達に、いかにも悪ガキ風情《ふぜい》な少年が顔色を真っ青にした。

「ひ、ひどいや！　くそ、気に入らない生徒には酷薄《こくはく》な仕打ち……これは断《だん》じて許《ゆる》せない。クレメンテ通り一帯に知らしめねば」

「ふざけるな。お前のお陰《かげ》で俺《おれ》は道行くおばちゃんとすれ違うたびに白い目で見られるんだぞ」

クラウスはその悪ガキ――ギルビーを睨《にら》み付けた。『歩くデマ噴霧器《ふんむき》』である彼に情《なさ》け容赦《ようしゃ》の類《たぐい》は一切《いっさい》必要ない。

「いいか。俺がおばちゃんに白い目で見られるたびにお前の宿題は倍増《ばいぞう》だからな」

頰《ほお》を膨《ふく》らませてギルビーが黙《だま》る。デマ噴霧器とはいえ所詮《しょせん》子供、宿題の恐怖《きょうふ》からは逃《のが》れられないらしい。

「あ、あの……先生?」

クラウスが鼻を鳴らしていると、ターヤに袖《そで》を引かれた。

「なんだい?」

聞き返してから、クラウスはたじろいだ。ターヤの顔が、風邪《かぜ》でも引いたかのように真っ赤である。

「本来、その、婚前《こんぜん》の交渉《こうしょう》というのは貴族《きぞく》の道に悖《もと》る行為《こうい》ですわ……。でも、わたくし、先生となら、ああ……」

こちらはこちらで派手《はで》に勘違《かんちが》いしている。クラウスは、事態《じたい》の収拾《しゅうしゅう》に多大な労力と無駄《むだ》な時間を必要とすることになったのだった。

どうにかこうにか騒《さわ》ぎを収《おさ》め、生徒たちに一通り詠唱《えいしょう》をさせてから、クラウスは授業《じゅぎょう》を終了《しゅうりょう》させた。

「はい。それじゃ今日はこれまで。皆《みな》さんさようならー」

「先生さようならー」

溜息《ためいき》をつきながら、子供たちの背中《せなか》を見送る。

元気の塊《かたまり》を相手にする以上疲労《ひろう》するのは致《いた》し方ないところだが、今日はことのほかくたびれた。それこそ絞《しぼ》り倒《たお》した後のぼろ雑巾《ぞうきん》のようである。

「先生、少しよろしいですか？」

クラウスが掃除《そうじ》道具にまで落ちぶれた己《おのれ》の身を嘆《なげ》いていると、後ろからターヤに服をつままれた。

「ん、なんだい？」

ターヤがこういう風に話しかけてくるときは、まず間違いなく自分の中の矜持《きょうじ》と格闘《かくとう》している。

聞きたいことがある、しかし聞くのは恥《は》ずかしいしみっともない、でも聞きたい。大方、そんなところだろう。

「えっと……」

しばらく視線《しせん》をふらふらと動かしてから、ターヤは決心したかのようにクラウスの眼《め》を見つめてきた。

「わたくし、どうしても『魔力漸滅《サブレッサー》』を使いこなしたいのです！　どうぞ秘訣《ひけつ》をご教授下さいまし！」

決心にまで必要とした時間とえらく強い語気のわりに、やたらと些細《ささい》な願望である。クラウスは苦笑《くしょう》しそうになった。

「うーん、そうだね……」

しかし、彼女にとっては非常《ひじょう》に重要なことなのだろうから、いい加減《かげん》に対応《たいおう》するのは悪い。何とか努力して、彼女に理解しやすい説明をしてやらねばならない。

「魔力を操《あやつ》ろうと躍起《やっき》になるから駄目《だめ》なんだ。魔力を直接《ちょくせつ》外に出して操作《そうさ》することは本来不可能《ふかのう》だからね。体の中にある力なのに、自分の意思ではどうにもできない——それが魔力ってものなんだ。ほら、いつも動いている心臓《しんぞう》を止めようと思っても止められないでしょ。同じことさ」

そこまで話してから、クラウスは自分の言うことが必ずしも正確《せいかく》でないことに多少の後ろめたさを感じた。

魔力を直接自分の意のままに、それこそ心臓どころか呼吸《こきゅう》を気まぐれに止めたりするような感覚で操ることが出来る人間は存在《そんざい》する。しかも身近なところに。今頃《いまごろ》その人物は、仕事先のパブでエルガの豆でも挽《ひ》いていることだろう。

「……まぁ例外はあるけど、大体はそんな感じ」

クラウスは話を続けた。ああいった特然変異を考慮《こうりょ》に入れてしまうと、根本的な論理《ろんり》が成り立たなくなってしまう。

「だったらどうすればいいのかと言うと、流れに乗るようにして自分の魔力《まりょく》を感じるんだ。詠唱っていうものを間に挟《はさ》むと魔力をいじれるようになるから、それを逆手《さかて》にとる。詠唱に使う魔力を頭の中で取り出して、それに注意を払《はら》えば、自然と減《へ》らすことができるんだね」

ターヤの目が、みるみるうちに輝《かがや》いてくる。分からなかったことに到達《とうたつ》するまでの道筋《みちすじ》が見えた、そんな目だ。

「ありがとうございます！　次回の授業までには、必ず使いこなせるようになってみせますわ！」

力強く、ターヤが言いきる。おそらく、彼女は本当に次の授業までに『魔力漸減《サブレッサー》』を自分のものにしてくるだろう。

「……しかし、先生には感服させられますわ」

妙《みょう》に熱を帯びた目で、ターヤがクラウスを見上げてくる。

「詠唱に対する深い知識《ちしき》。それを使いこなす実力。詠唱士の名にふさわしい腕前《うでまえ》と存じます」

過大評価《かだいひょうか》もいいところだ。

「わたくし、いつか先生のようになりたいと思います」

あまりに低すぎる目標である。

「それでは、次の授業を楽しみにしておりますわ」

礼儀《れいぎ》正しく一礼すると、ターヤはクラウスの前から去った。少し離《はな》れたところにいるパルミとコニンの元へと、優雅《ゆうが》に歩いていく。

自分も帰ろうと歩き出したところで、クラウスはいきなり眩暈《めまい》に襲《おそ》われた。

「うーん……」

倒《たお》れそうになるのを必死でこらえる。

「先生っ!?」

クラウスの異変に気づいたのか、ターヤたちが駆《か》け寄《よ》ってきた。

「大丈夫《だいじょうぶ》だ、大丈夫だよ」

「でもぉ、先生明らかに顔色悪いよぅ」

「そうですよ。よく見るとなんだかやせてますし」

パルミとコニンが、口々に言う。ターヤなどは、よほどびっくりしたのか口元に手を当てたまま何も喋《しゃべ》らないでいる。

そんなターヤの頭をぽんぽんと叩《たた》くと、クラウスは無理に笑顔《えがお》を作った。

「何ともないよ。なんか体の調子がいまいちなだけだから」

しかし、子供《こども》たちの顔から不安の色は消えない。

「心配いらないから、今日はもう帰りなさい」

反論《はんろん》がしにくいよう、強い語気で告げる。こうすれば、とりあえずは帰ってくれるはずだ。

「でも、そう大人しく引き下がるわけには参りませんわ」

これっぽっちもひるんだ様子を見せず、ターヤが言う。自分がいかに迫力《はくりょく》ないのかを思い知らされたようで、クラウスは内心少し落ち込む。

「先生、何か辛《つら》いことがおありならどうぞわたくしにお話しになって下さい。微力《びりょく》ながら、お力添《ちからぞ》えを致《いた》しますわ」

ターヤが、両手を胸《むね》の前で組んで言った。何となく、嬉《うれ》しい。

「安心して帰りなさい。先生も帰るから」

笑顔になりながら、クラウスはやや強引《ごういん》にターヤたちの背中《せなか》を押《お》す。

ようやく、不承不承《ふしょうぶしょう》といった素振《そぶ》りを見せながらも、ターヤたちは帰っていった。とりあえず一段落《いちだんらく》である。

さて自分も帰ろうとしたところで、

「……う」

クラウスの体に異変が起こった。

ぐう、と腹《はら》が鳴ったのだ。

つまりは、そういうことだった。

クレメンテ通りの一角に、日頃と異《こと》なる妙に物々しい空気が漂《ただよ》っていた。

一般人《いっぱんじん》の立ち入りを禁止《きんし》する意味を持つ、張《は》り巡《めぐ》らされた魔術縄《ミサントロープ》。辺りを鋭《するど》い視線《しせん》で警戒《けいかい》している、制帽《せいぼう》をかぶった警官。何事か調べている様子の、ローブを羽織《はお》った詠唱士。

数人いる詠唱士は、いずれも首から鈍《にぶ》い輝きを放つ重そうな鎖《くさり》を下げている。この鎖はコティペルト王国から正式に認《みと》められた詠唱士であることを示《しめ》すもので、『愚者の鎖《バスタードチエイン》』という名前がつけられている。

数ある資格《しかく》試験の中でも最難関《さいなんかん》と言われる王国詠唱士《えいしょうし》試験をくぐり抜《ぬ》けてきた者にはやや不釣《ふつ》り合いな名称《めいしょう》だが、これにはとある由来《ゆらい》がある。

現在《げんざい》の国家詠唱士制度《せいど》を整備《せいび》した二代前のコティペルト王国国王モルテス・ピスロメン・コティペルトは、自身も凄腕《すごうで》の詠唱士として知られていた。特に第二種攻性詠唱に関する深い知識《ちしき》と洞察力《どうさつりょく》を有し、彼の著《あらわ》した『黒風、火焔《かえん》、そして鋼《はがね》』という分析書《ぶんせきしょ》は、出版《しゅっ》《ぱん》から五十年ほど経《た》つ現在でもなお第一級の解説書《かいせつしょ》として攻性《こうせい》詠唱士たちに読み継《つ》がれている。

そんなモルテスは、生涯《しょうがい》学究の徒としての姿勢《しせい》を崩《くず》さず、七十三の年でこの世を去る直前に、「詠唱を志《こころざ》す者は、いわば鎖に繋《つな》がれた愚者《ぐしゃ》だ。なんとか自身に巻《ま》き付く鎖をほどこうともがき、もがくほどに縛《いまし》めを自ら厳《きび》しくしていく」という言葉を遺《のこ》した。

モルテスの死後、彼が生涯を通して力を注いだ詠唱士選抜《せんばつ》制度が完成し、当時の王国詠唱士制度推進《すいしん》委員会が、モルテスの功績《こうせき》を称して彼の言葉を元にした魔術具《まじゅつぐ》を王国詠唱士の証《あかし》とした、というのが大体の成り行きである。

その『愚者の鎖《バスタードチエイン》』を下げた詠唱士たちは、みな一様に真剣《しんけん》な表情《ひょうじょう》で、手に持った小さな石のようなものを地面に置いたり、空中をさまよわせたり、建物の壁《かべ》に押し当てたりしている。

「先生方、いかがですか？」

一人の男性警察官が、詠唱士たちに近づいてきた。

制帽をかぶっておらず、警察官らしからぬほどにしゃれた髪型《かみがた》が露《あら》わになっている。誰《だれ》の目にも美男子だと映るような顔立ちをしているが、同時にどこか軟派《なんぱ》で軽い雰囲気《ふんいき》も発している。

「やはり、『八つ裂《ざ》きオーウェンス』の再来《さいらい》でしょうか？」

警察官が問いかけた。その顔には、深い憂《うれ》いが浮《う》かんでいる。

「現在の段階《だんかい》では、まだそうだと断定する証拠《しょうこ》は揃《そろ》っていません」

一人の詠唱士が、フードを外しながら進み出た。未《ま》だ年若《としわか》い、幼《おさな》いとさえ表現できるような顔つきである。しかし、その目は真剣であり、子供と馬鹿《ばか》にされることを強く拒《こば》むような光に満ちている。

「この『魔精石《グラインダー》』から得られている反応《はんのう》からすると、その可《か》能性《のうせい》が一番高いように考えられます。しかし、犯人《はんにん》がわざと誤解《ごかい》させるような証拠を残して捜査《そうさ》を攪乱《かくらん》させようとしているとも考えられるので、より慎重《しんちょう》な調査と判断《はんだん》が必要だと思います」

その声も、まだ声変わりする前の少年のそれだった。いかにも高価《こうか》そうだが体格《たいかく》と少々不釣り合いな杖《つえ》と、首の周りを彩《いろど》っている『愚者の鎖《バスタードチェイン》』がなければ、誰からも詠唱士だと信じてもらえなさそうである。

「分かりました。上の方にもそう具申しておきます。引き続き、調査をお願いしますね」

そこまで言ってから、ふと警察官《けいさつかん》は表情を緩《ゆる》めた。

「年もお若いのに、見事な判断力をお持ちでいらっしゃる。これほど立派《りっぱ》な息子《むすこ》さんをお持ちになって、ご両親もさぞかし鼻が高いでしょうな」

何ということのない、機嫌取《きげんと》りとさえ呼《よ》べないような一言である。しかし、詠唱士の表情はさっと曇《くも》った。

「それでは、私はこれにて」

詠唱士の変化に気づかなかったのか、警察官は手を上げるとその場から去っていった。

「……ううう」

眉《まゆ》を下げて、詠唱士が呻《うめ》く。先ほどまでの凛《りん》とした空気はどこへやら、いきなり年相応《としそうおう》の顔つきへと変化している。

「僕《ぼく》ってやっぱり……あーあ」

溜息《ためいき》を一つつくと、詠唱士は調査を再開《さいかい》しようとし、次の瞬間《しゅんかん》なんと自分のローブの裾《すそ》を踏《ふ》んで転んでしまった。

あまりに鮮《あざ》やかすぎる転び方だった。野次馬《やじうま》やら他の詠唱士やら警備中の警官といった目撃者《もくげきしゃ》、その全《すべ》てが息を呑《の》み注視《ちゅうし》するほどである。

ややあってから、詠唱士は体を起こした。

周囲の注目を浴びまくっていることに気づいたか、詠唱士はがっくりと肩を落とし、

「……うぅ」

「僕ってやっぱり……あーあ」

再《ふた》び深い溜息をついたのだった。


授業《じゅぎょう》終了後《しゅうりょうご》には眩暈《めまい》を起こすほどに衰弱《すいじゃく》していたクラウスだったが、丘のてっぺんにある自分の家に帰り着く頃《ころ》にはすっかり元気を取り戻《もど》していた。

鼻歌交《ま》じりの軽い足取り。まるでこれから恋人《こいびと》に会いに行くかのようである。

とは言っても家で掃除《そうじ》炊事《すいじ》洗濯《せんたく》に余念《よねん》がなくおまけに手編《てあ》みのマフラーを椅子《いす》に腰掛《こしか》けて作製中の可愛《かわい》い女の子がいるとかそういうわけではもちろんなく、クラウスがご機嫌な理由は一般《いっぱん》的に見て遥《はる》かに大したことのないものである。

自宅《じたく》の屋根が見えてきた。クラウスの機嫌がますます上昇《じょうしょう》する。

ほとんど小走り状態《じょうたい》でだだっ広い庭を突《つ》っ切り、古ぼけた物置の前に立つと、クラウス

はその扉《とびら》を思いっきり引き開けた。

ぼっきんと鈍《にぶ》い音がして、扉の蝶番《ちょうつがい》が勢《いきお》いよく弾《はじ》け飛ぶ。クラウスの胸《むね》に暗い雲が立ちこめかけたが、どうせ物置の中には大したものは入っていないのだから扉などなくても問題ないのだと思い直す。

外れた扉を適当《てきとう》に物置へともたせかけると、クラウスは物置の中へ体を滑《すべ》り込ませ、次の瞬間に飛び出した。

その手に握《にぎ》られているのは、ところどころ錆《さび》の浮《う》いたじょうろである。片手《かたて》に杖、もう片手にじょうろを持った青年の姿《すがた》というのは言い訳《わけ》のしようがないほどに奇妙《きみょう》なのだが、クラウスはまったく気にもかけていない。

もはや小走りどころか疾走《しっそう》といった趣《おもむき》でクラウスが向かった先は、庭の端《はし》の柵《さく》で区切られた一角だった。

弾《はず》む息を抑《おさ》えると、クラウスは柵の側《そば》に置いてある口の広い壺《つぼ》からじょうろで水を汲《く》んだ。じょうろが満タンになったところで、柵の内側へと水を注ぐ。

「早く育てーすくすく育てー」

水は、地面に吸《す》い込まれていった。その地面からは、何やら植物の芽のようなものが吹《ふ》き出している。

「ふふふうふ」

嬉《うれ》しさをこらえきれず、不気味極《きわ》まりない含《ふく》み笑いを漏《も》らしてしまう。

この柵で区切られた区画は、クラウスのクラウスによるクラウスのための家庭農園である。日光の当たる角度を計算し、慣《な》れない農業詠唱《えいしょう》をなんとか使って植物の成長にもっともふさわしい土壌《どじょう》を準備《じゅんび》し、柵もとんてんかんてん自分で組み上げたという、まさに心血を注ぎに注いだ代物《しろもの》である。

どうしてたかが家庭農園にクラウスがここまでこだわっているのかというと、単純に彼の食生活の未来がこの農園にかかっているためである。

ここしばらく、クラウスはまともな食事を摂《と》っていない。元々大食《おおぐ》らいな方ではないが、さすがに五日で二食だと健康面に色々支障《ししょう》が生じてくる。

「育て、育て、育て……」

じょうろを傾《かたむ》けながら、クラウスは一心不乱《ふらん》に念じる。

クラウスが貧困《ひんこん》である原因《げんいん》。それは、何よりもシーパース詠唱教室の給料が安いということが大きい。法律《ほうりつ》で定められた必要最低限度《げんど》の額《がく》は保証《ほしょう》しているというのが経営者《けいえいしゃ》の言い分だが、法律で定められた必要最低限度の額が保証されているからと言ってただちに人間として最低限度の暮《く》らしが送れるわけでは決してないのである。

少し考えてみれば分かることだ。人間生活していれば、ときたま急な出費というものがどうしても避《さ》けられない。必要最低限度の給料だと、簡単《かんたん》に底をついてしまうのだ。

そして、クラウスは最近、ふとしたことから急な出費を余儀《よぎ》なくされてしまった。もちろん家計は底をついてそのまま地下までめり込んでしまっている。

「このくらいかな」

クラウスは水を注ぐのをやめた。若芽《わかめ》の先に水滴《すいてき》が溜《た》まり、見るからに瑞々《みずみず》しい。

このクラウス農園には、植物を促成栽培《そくせいさいばい》する詠唱である『茫漠の草木《デザートプレイン》』を幾重《いくえ》にも張《は》り巡《めぐ》らしている。『茫漠の草木《デザートプレイン》』には作物の味を著《いちじる》しく低下させるといういまいち洒落《しゃれ》にならない副作用があるのだが、背《せ》に腹《はら》は代えられない。

クラウスの計算が正しければ、数日後ないし一週間後には収穫《しゅうかく》の時期が訪《おとず》れる。空腹地獄《くうふくじごく》とも、そこでおさらばというわけだ。

うきうきした気分のまま、じょうろを倉庫に戻そうと振《ふ》り返ると、そこに一人の少女が立っていた。

空腹でへろへろ、そうでなくとも日頃《ひごろ》から健康とは言い難《がた》いクラウスとは対照的に、その全身から活力が溢《あふ》れ出している。頬《ほお》に残るそばかすが、どこか成長しきらない印象を強めていた。

そんな外見だから、引っかけただけな感じの男物の服が妙《みょう》に似合《にあ》う。贔屓目《ひいきめ》に見ても道行く男に声をかけられたりする確率《かくりつ》は低そうだが、おしゃれであることには違《ちが》いない。

「おっす。相変わらず不健康な面《つら》してるわねー」

イルミラ・ハンネマン。クラウスが行きつけにしているパブのウェイトレスで、クラウスとはまあ何というか喧嘩《けんか》友達のような関係である。少なくともクラウスはそう思っている。

「イルミラじゃないか。どうしたんだ、こんなところで」

「んー。なんとなく様子を見に来ただけ」

言いながら、イルミラはクラウスの隣《となり》でかがむ。

「おっ、何か育ててるの？」

「うむ。その通り。実はな……」

クラウスは、空腹脱出《だっしゅつ》の壮大《そうだい》な計画を話して聞かせた。

「……へぇ」

さぞかし感心するに違いないと思いきや、イルミラの反応《はんのう》は限《かぎ》りなく微妙《びみょう》である。クラウスの計画のどこに問題があるというのか。

イルミラは、ひとしきりクラウスとクラウス農園とを見比《みくら》べてから、溜息《ためいき》をついた。

「いや、さ。何というか、痛々《いたいた》しくて」

失礼極《きわ》まりない。クラウスは本気かつ必死かつ切実なのだ。それを痛々しいとは、言語《ごんご》道断《どうだん》にも程《ほど》がある。

「ひどいな。俺はこの農園に命運をかけてるんだぞ」

「……あぁ、うん。すごいね」

イルミラが乾《かわ》いた声で言った。非常《ひじょう》に腹が立つ。

「くそっ馬鹿《ばか》にしやがって。あーもう帰れよ邪魔《じゃま》だよどっか行けよ」

「な、なによ！　最近店に来ないから、ちょっと、見に来てやったのにっ」

イルミラがむくれる。

「金がないから行けなかったんだ。仕方ないだろ」

クラウスの反論《はんろん》に、イルミラはなぜか下を向いた。

「何よ、顔見せるぐらいいいじゃない。倒《たお》れたんじゃないか、とかって、少しだけ……」

口調が、急に弱々しくなる。

「失礼な。そりゃあ体力ある方じゃないかもしれないけど、簡単にばたばた倒れたりはしないよ。……まあ、誰《だれ》かさんみたいに鍛《きた》え上げられた頑強《がんきょう》な肉体と精神《せいしん》を所有はしてないけどね」

「なあんですって！」

イルミラは、顔を赤くして拳《こぶし》を振《ふ》り上げた。

「ふっ。所詮霞《しょせんかすみ》を食って生きる格闘《かくとう》馬鹿にはクラウスの苦労などわからんのだろうな」

その拳がクラウスを打ちのめした次の瞬間《しゅんかん》、別の少女の声がした。

地面に叩《たた》きつけられ視界《しかい》を揺《ゆ》らしたままクラウスが声のした方向を向くと、そこには一人の少女が腕《うで》を組んで立っていた。

流れるような金色の髪《かみ》。幼《おさな》さを色濃《いろこ》く残しつつも、内面の強さがにじみ出た顔立ち。

思わず見とれてしまうほどの、美しい少女である。

着ている服は、露出《ろしゅつ》の少なめな上着とロングスカートだった。取り立てて派手《はで》ではないが、その分少女のどこか浮世離《うきよばな》れした雰囲気《ふんいき》を邪魔しない程度《ていど》に上手《うま》く演出《えんしゅつ》している。

「エルリー、どうしたの？」

クラウスは、金髪《きんぱつ》の少女にあだ名で呼《よ》びかけた。

「むー。なんとなく様子を見に来ただけだ」

そう答えると、少女はクラウスの傍《かたわ》ら、丁度イルミラとクラウスを挟《はさ》んで対称《たいしょう》の位置に座《すわ》る。

「早く育つといいのう」

無邪気《むじゃき》な表情《ひょうじょう》で、少女がクラウス農園を眺《なが》める。

そんな様子だけだとごくごく普通《ふつう》の女の子に見えてしまい、毎度のことながらクラウスは戸惑《とまど》ってしまう。

彼女——エルリーフォン・メルドガイド・シャグラッドは、その外見からは想像《そうぞう》もつかないことに、千年前に封《ふう》じられた史上最後の闇魔術士《やみまじゅつし》である。

彼女と出会ってからしばらく経《た》つが、クラウスは未《いま》だに心のどこかでは信じられないでいる。証拠《しょうこ》なら、いくらでも目の当《ま》たりにしているのだが。

「む。お主、なにやら詠唱《えいしょう》を使っておるな。力場が柵《さく》の内側と外側で微妙にずれておるではないか。無理に成長を促進《そくしん》させるのはあまりよくないぞ」

たとえばこれがそうだ。詠唱に対する、桁外《けたはず》れの分析力《ぶんせきりょく》。

「大方『茫漠の草木《デザートプレイン》』なのだろうが、あの詠唱はまれに悪性《あくせい》の突然変異《とつぜんへんい》を引き起こすはずだ。繋詞《けいし》の機能《きのう》不全からくる障害《しょうがい》だったと記憶《きおく》しているが、今の時代では克服《こくふく》されておるのか？」

初耳である。おそらく、エルリーがかつて暮《く》らしていた時代には発見されていたが、その後の激《はげ》しすぎる歴史の流れのうちに忘《わす》れ去られてしまったのだろう。

「まぁ、大丈夫《だいじょうぶ》だと思うよ」

クラウスは内心穏《おだ》やかでなくなったが、平静を装《よそお》った。今さら詠唱を解除《かいじょ》するわけにはいかない。起こるか起こらないか分からない突然変異より、明日の食糧《しょくりょう》の方がよほど大事である。

「ふむ、それならば問題ないが……」

思案顔のエルリー。まだ何かあるのかとクラウスが不安に思っていると、

「ちょっと、エルリー」

イルミラが、クラウスとエルリーの間に割《わ》り込んできた。

「なんだ。命を育《はぐ》む詠唱の話題など、血と闘争に満ちた毎日を送るお主には果てしなく無《む》縁《えん》のことであろう」

「……えらく挑戦《ちょうせん》的かつ無礼ね。あなた、詠唱の蘊蓄《うんちく》の前に人間としての礼儀《れいぎ》を身につけた方がいいんじゃないかしら」

一気に二人の間の空気が冷却《れいきゃく》されていく。

「待て、いいか、待つんだ」

危険《きけん》な兆候《ちょうこう》を察知し、クラウスは直《ただ》ちに仲裁《ちゅうさい》を開始した。この二人は犬猿《けんえん》の仲であり、規模《きぼ》が不必要に大きい小競《こぜ》り合いをするのは日常茶飯事《にちじょうさはんじ》である。最近それに半分慣《な》れてきているクラウスだが、今この場所でやらせるわけだけにはいかない。

「大きなお世話だ。そんなことはどうでもいいから、用とやらをさっさと言わぬか。まあ、どうせクラウスとわしが仲睦《なかむつ》まじく話している様に——」

「ふざけるのもたいがいにしなさいよー」

臨界点《りんかいてん》が、手の届《とど》く位置まで来ている。自身の顔から一切《いっさい》の血の気が失われていくのをクラウスは感じた。

「よく聞け、いいか、争いは何も生み出さない、冷静になれ、早まるな、」

思いつく限《かぎ》りの言葉を並《なら》べ立て、なんとか最悪の事態《じたい》を回避《かいひ》しようと試《こころ》みる。

「落ち着け、深呼吸《しんこきゅう》しろ、気を確《たし》かに持て」

必死である。その切迫《せっぱく》した様子が何とか伝わったか、エルリーの表情に変化が現《あらわ》れた。

「まぁ、お主がそこまで言うのなら、その筋肉馬鹿《きんにくばか》と和解《わかい》してやってもいいぞ」

はたして本気で和解するつもりがあるのか。果てしなく疑《うたが》わしい。

「覚悟《かくご》はいいかしら」

イルミラが構《かま》えた。一分の隙《すき》もない臨戦態勢《りんせんたいせい》である。魔術格闘の心得《こころえ》がある彼女がこの構えを取ったということは、事態が最終局面を迎《むか》えたということである。

「やれやれ。わしの方から仕方なく歩み寄《よ》ってやったというのに、どうしようもないな」

「よくそんな偉《えら》そうな態度が取れるわね。……あっ、そうだそうだ。クラウス聞いてよー、こいつったらねー包丁《ほうちょう》で野菜がろくに切れないんだよー。五等分に切ってくれって言われたのに七つに分けちゃうんだもん。しかも大きさはまるで測《はか》ったみたいに全部ばらばらで──」

「お主！　それだけはクラウスに話すなと言ったであろう！」

エルリーが顔を真っ赤にしてイルミラを睨《にら》みつけた。その体から、とんでもない量の魔力が流れ出す。

空間に放出された魔力は、まるで何かに操《あやつ》られたかのように一点に収束《しゅうそく》し始めた。普通ではありえないことである。

魔力を直接操《ちょくせつあやつ》ることが出来るという、特例中の特例。長い歴史においてもほとんど類を見ない、反則《はんそく》に近いとさえ言える能力。

「頼む、後生だからここで暴《あば》れるのだけは……」

最後の望みを捨《す》てず、クラウスは哀願《あいがん》した。もしかしたら、まだ聞き入れてくれる余地《よち》があるかもしれない。

「料理など、練習すれば上達する！　お主こそ、少し前まで殺人的にまずく有毒なエルガを淹《い》れていたのだろう！　レシーナさんから聞いたぞ！」

「ぐっ……姉さんたら余計《よけい》なことを……。でもねエルリー、そりゃあ確かに昔のあたしのエルガは飲めたものじゃなかったでしょうけど、今は美味《おい》しく淹れられるわよ。あんたは現在《げんざい》進行形で野菜切れないじゃない。一緒《いっしょ》にしてもらっちゃ困《こま》るわ。いつだったかお弁当《べんとう》作ったときも、あんた包丁使わなくていいおかずばっかりにしてたでしょ。ばれてんのよ」

「ぬ、ぬぬぬ……」

「散々人のことをおとこおんなとか筋肉娘《きんにくむすめ》とかいって馬鹿にしてくれるけどさ、実のところあんたの方がよっぽど女らしさに欠けてるんじゃない？」

「許《ゆる》さぬ！」

収束していた魔力が暴走《ぼうそう》を始める。

「粉微塵《こなみじん》にしてくれよう！」

「望むところってもんね」

「抑《おさ》えろ、待てまうわあああ!?」

クラウスの絶叫《ぜっきょう》とともに、彼の食生活の未来が跡形《あとかた》もなく吹《ふ》っ飛んだのだった。

「やれやれ……何の騒《さわ》ぎだろう」

売り物の椅子《いす》を磨《みが》く手を止め、ニコラス・ベイカードは店先に目を向けた。

普段《ふだん》ならただ流れているだけの通行人たちが、ことごとく足を止めては何かに見入っている。

「……まさか、喧嘩《けんか》じゃあないだろうな」

ニコラスの胸《むね》に、憂鬱《ゆううつ》の雲が垂《た》れ込《こ》める。

仮《かり》に店先で喧嘩があったとして、ニコラスや彼の経営《けいえい》する雑貨店《ざっかてん》『ベイカード』に被害《ひがい》が及《およ》ぶ確率《かくりつ》は大変低い。

しかし、どうにも不安である。生来の性分《しょうぶん》か、荒事《あらごと》は苦手でしょうがないのだ。

突《つ》き出た腹《はら》を揺《ゆ》さぶるようにして店の入り口まで移動《いどう》してから、おそるおそる外に顔を出す。

通りには、人垣《ひとがき》ができていた。やはり喧嘩かと、ニコラスは更《さら》に肝《きも》を冷やす。

しばらく様子を窺《うかが》う。喧嘩にしては、怒鳴《どな》り声や罵声《ばせい》が聞こえてこない。となると、一体なんだろうか。

「お、ニコラスのおやっさんじゃないか。相変わらずしけた顔してるな」

いきなり横合いから声をかけられ、ニコラスはびくりと硬直《こうちょく》した。

「……な、なんだルドルフさんでしたか。驚《おどろ》かさないで下さいよ」

振《ふ》り返ると、そこには軟派《なんぱ》な顔つきをした王国警察官《けいさつかん》が立っていた。

「どうしたおやっさん、そんなにびくびくして」

警察官はニヤニヤしながらニコラスの肩《かた》に手を回してくる。

この警察官、名前はルドルフ・シェンルーという。行きつけのパブで知り合ったのだが、このとおり大変馴《な》れ馴れしい。初めのうちは辟易《へきえき》したものだったが、しばらく付き合ううちにすっかり慣《な》れてしまった。

元々悪い人間ではない。

「大方、通りで喧嘩でもあるかとか思ったんだろー。まったくおやっさんは小心者だな」

少々口が悪いことをのぞいては。

「ほっといて下さいよ。苦手なものは苦手なんです」

ニコラスはルドルフの手を払《はら》った。大したことのない反応《はんのう》のようだが、実はニコラスがここまで強い態度《たいど》を取るのはこの世界にルドルフくらいしかいなかったりする。

「やれやれ、おやっさんは正直だな」

苦笑《くしょう》すると、ルドルフはニコラスから少し離《はな》れた。

「何の騒ぎです？」

ニコラスは質問《しつもん》してみた。王都の治安を守る王国警察官なら、この騒ぎがなんなのかも知っているはずだ。

「例の『八つ裂《ざ》きオーウェンス』騒動《そうどう》だよ。聞いたことくらいあるだろ？」

「ああ、なるほど」

一昨日だったかその前だったか、点灯詠唱用《ホーリーライト》のランプを探《さが》しに来た客がそんな話をしていたような気がする。

「しかし……『八つ裂きオーウェンス』ねえ……」

ニコラスは首を傾《かし》げた。

大げさではなく、コティペルト王国に住む者なら『八つ裂きオーウェンス』の話を一度は聞いたことがある。

ただし、それは住人にとって昔話の類《たぐい》――『四番目の神宝《フォース・レガシー》』とか『魔獣の国《ワイルド・サイド》』とか『攫い人《アブダクター》』といったものと同じ次元の話である。

「俺《おれ》も半信半疑《はんぎ》なんだがね。詠唱士《えいしょうし》の先生方によると、その可能性《かのうせい》も十分あり得るらしい」

ルドルフが、やれやれと溜息《ためいき》をつく。

「どんな犯罪者《はんざいしゃ》でも、相手が人間なら対処《たいしょ》のしようがあるがな。百年以上前に死んだはずの殺人鬼《さつじんき》とあってはお手上げしたくもなってくるさ」

「そんなことでどうするんですか。市民の安全を守るのがあなたたちの仕事なのに」

「とほほ。おやっさんは手厳《てきび》しいな。……さて、それじゃ俺は仕事に戻《もど》るわ」

しんどそうに肩を落としながら、ルドルフは人だかりの中へと消えていく。

「はいはい、頑張《がんば》って下さいよ」

その背中《せなか》に適当《てきとう》な激励《げきれい》を浴びせると、ニコラスは店へと戻った。

ルドルフがああして動いている以上、通りに事件《じけん》が起こっているのは間違《まちが》いない。しかし、いまいち実感が湧《わ》かなかった。

身近な人間が負傷《ふしょう》したわけでもなければ、現場《げんば》に居合《いあ》わせたわけでもない。所詮《しょせん》、自分の目で確認《かくにん》しない限《かぎ》り、人間は何事も現実《げんじつ》のものとして把握《はあく》できないのだと思う。

ニコラスは、作業を再開《さいかい》した。得体の知れない事件より、店の掃除《そうじ》の方がずっと重要である。

「クラウス、機嫌《きげん》を直さぬか」

「ふんだ」

鼻を鳴らすと、クラウスはシーツを頭からかぶった。癒《いや》しがたい心の傷《きず》が、クラウスの精神年齢《せいしんねんれい》を一桁《けた》まで逆行《ぎゃっこう》させてしまっていた。

「そう怒《おこ》るでない。今、お主の部屋を掃除しているところだ。ほれ、見違えるほどに片《かた》づいたぞ」

シーツの上から、エルリーがぽんぽんと手を乗せてくる。

「ふんだ」

クラウスはシーツを握《にぎ》り直した。見ろと言われても、顔を出す気にもなれない。

脳裏《のうり》に、完膚《かんぷ》無《な》きまでに破壊《はかい》された農園の様子が浮《う》かんでくる。むごい、あまりにむごい仕打ちである。いったいクラウスになんの咎《とが》があるというのか。

「あぁ、もうダメだ……終わりだ……」

クラウスが世を儚《はかな》んでいると、枕元《まくらもと》が少し下がった。

「……のう、クラウス」

エルリーの声が、シーツ越《ご》しに顔の上辺りへと降《ふ》ってきた。どうやら、ベッドに座《すわ》りながら話しかけてきているらしい。

「本当に、悪かった。反省している」

そんなしおらしい声を出しても騙《だま》されるもんか。クラウスは小声で毒づく。受けた心の傷は大きいのだ。

「のう、そう怒《おこ》らないでくれ。……お願いだから、のうというに」

エルリーの声が哀《かな》しそうなものに変わる。

「………」

クラウスは無言のままシーツから頭を出した。

「まったく……あまり不安にさせるでない」

エルリーの顔が視界《しかい》に入ってくる。その表情《ひょうじょう》は、安堵《あんど》に緩《ゆる》んでいた。

拗《す》ねていたことが後ろめたく感じられる。もちろん、今回の被害者《ひがいしゃ》は間違いなくクラウスであり、そんな気分になる理由はどこにもないはずなのだが。

まあ、いいか。自分に言い聞かせるように口の中でそう呟《つぶや》き、クラウスは今回の件を水に流すことにした。

体を起こして、周囲に目をやってみる。エルリーが言ったとおり、部屋は随分《ずいぶん》と片《かた》づいていた。

「あれ、イルミラは？」

部屋には、エルリーしかいなかった。イルミラの姿《すがた》は、どこにもない。

「物置の方にでも行ったのであろう。さっきそのようなことを言っておったからな」

その言葉が終わるか終わらないかのうちに、イルミラが部屋に入ってきた。

「よっこらせ、っと」

何やら巨大《きょだい》な物体を抱《かか》えている。見た感じでは、何かを入れておく壺《つぼ》のように見える。

その壺だが、何となく覚えのある形である。はて何だったかとクラウスが首を捻《ひね》っていると、

「……ん？」

「ごめんね、クラウス」

壺を床《ゆか》に置いたイルミラが、手を合わせてきた。

「お姉ちゃんに食事まけてくれるように頼《たの》むから、ね？」

「あぁ……うん……」

結局、謝《あやま》られると許《ゆる》してしまう自分がいる。もう少し怒ってもよさそうなものだが、どうしてこうも甘《あま》いのかとクラウスは苦笑いしてしまった。

「もういいよ。ほら、そんな顔するなよ」

微笑《ほほえ》んでみせる。まぁ、農園に関しては別の手を考えてみよう。きっとどうにかなるはずだ。そう自分に言い聞かせる。

「ありがとう！　やっぱり、クラウスはクラウスだねっ」

イルミラが笑顔で言う。何となくこそばゆくなり、話題を逸《そ》らそうとクラウスは視線を

彷徨《さまよ》わせた。

片付けられた部屋には、とりたてて話題にするようなものはない。ばねが弱り気味のベッド、古ぼけたクローゼット、曇《くも》り気味の姿見、二人の少女、謎《なぞ》の壺。

謎の壺。

「……ふうむ。何だったかな」

丁度いい。クラウスは壺の横にしゃがみ込んだ。

見たことがあるのは間違《まちが》いない。しかし、それがかなり前だったので、どうにも記憶《きおく》が曖昧《あいまい》なのだ。

「中には何が入ってるの？　随分《ずいぶん》と重たかったけど」

イルミラが聞いてきた。

「開けてみようか」

クラウスは、壺の蓋《ふた》に手をかけた。木製《もくせい》の、どうということのない蓋である。

「よっ……なんだ、蓋のくせに重いな」

姿勢《しせい》を整えつつ、蓋を床に置く。

「……なにこれ。お金？」

いち早く壺の中身を覗《のぞ》き込んだイルミラが、怪訝《けげん》そうな声を出した。

「うーん、どれどれ」

壺の中には、いつの時代のものともしれぬ貨幣《かへい》がぎゅうぎゅう詰《づ》めになっていた。刻印《こくいん》も装飾《そうしょく》もすっかり色あせてしまっている。かろうじて元が金貨だったことを推測《すいそく》するのがやっとだ。

その金貨を眺めているうちに、クラウスの頭の中で嫌《いや》な記憶が明滅《めいめつ》した。

「これか、この壺か……」

「何を一人で納得《なっとく》しておるのだ。わしらにも分かるように説明せい」

エルリーが口を尖《とが》らせる。

「えーとね」

この壺は、以前クラウスの家の床が轟音《ごうおん》とともに突然《とつぜん》抜《ぬ》けたときその下から出てきたものである。ちなみに、その時抜けた床は未《いま》だに修繕《しゅうぜん》していない。このまま冬場を迎《むか》えたら冷気が吹《ふ》き込んでくるのではないかと大変不安である。

「まあそんなわけだ」

クラウスは端的《たんてき》に説明を終えた。

「しかし……この家が老朽化《ろうきゅうか》しておるとはかねがね考えておったが、まさか床が抜けるほどとはな」

「この家が年代物とは前々から思ってたけど、まさか床下から埋蔵金《まいぞうきん》が発掘《はっくつ》されるほどとはね」

二人とも、なかなか言いたいことを言ってくれる。

「……俺だって、できたら引っ越《こ》したいさ」

クラウスは悄然《しょうぜん》と呟《つぶや》いた。

丘の上に位置しているという交通の便の悪さ、庭が無駄《むだ》に広いのに二部屋しかないという間取りのまずさ、そして床が前触《まえぶ》れなく抜けるというおんぼろさ。手放す理由には事欠《ことか》かない。実際《じっさい》、食うものに困《こま》るような経済環境《けいざいかんきょう》にいなければ、こんな家とうの昔に引き払《はら》っている。

「やっぱり先立つものがないとなぁ」

結局結論《けつろん》はそこに着地する。わびしいものである。

「……あのさ、ちょっと思ったんだけど」

おもむろに、イルミラが口を開いた。

「この金貨みたいなの、お金に換《か》えられないの？」

「無理だろ」

言下に否定《ひてい》する。

「どう見てもぼろぼろだし、古銭《こせん》ってよっぽどのことがない限《かぎ》り二束三文《にそくさんもん》のはずだよ」

　コティペルト王国は、さして長い歴史を持っていない割《わり》にその法律《ほうりつ》や体制《たいせい》がころころ大幅《おおはば》に変わっている。そのため、時代時代の法律書など歴史の遺物《いぶつ》とでも言うべきものが多数ある。古銭などはその最たるものだ。こんな重い壺を骨董品屋《こっとうひんや》なり役所なりに持って行くだけ、骨折り損というものだろう。

「ふむ。それは確《たし》かにそうかもしれんが、物事試《ため》してみねば分かるまい」

　エルリーがイルミラの意見に賛同《さんどう》した。

「うーん……」

　複数《ふくすう》の人間から一度に勧《すす》められると、なんとなくそうした方がいいような気がしてくる。意志《いし》が薄弱《はくじゃく》な証拠《しょうこ》である。

「それじゃ、そうしようかな」

　いまいち気が乗らないながらも、クラウスは首を縦《たて》に振《ふ》った。

　どうにも面倒《めんどう》で億劫《おっくう》だが、まぁパンの一つや二つ分くらいの端金《はしたがね》くらいにはなるに違いない。

「……もう一度、見せて頂《いただ》けますか」

そんな心づもりで骨董品屋に持ち込《こ》んだものだから、提示《ていじ》された金額《きんがく》にクラウスは人生観が変わるほどの衝撃《しょうげき》を受けた。

「はい、どうぞ。こちらがビョーラー金貨の百枚《まい》当たりの相場。こちらがビョーラー金貨をお求めになっている方の一覧表《いちらんひょう》。そして、こちらがお見積もりです」

クラウスは思う。この福々しい笑顔《えがお》の骨董品屋店主は、クラウスを騙《だま》そうとしているのではないか。

クラウスが持ってきたのは、どこからどう見てもぼろぼろの古銭である。歴史的価値《かち》も資料《しりょう》的価値も特に見いだせないように思える。

そもそも、今となっては使えない大量の貨幣《かへい》を必要とする人間がいることが解《げ》せない。

一体何に使うのか。

金貨を探《さが》している人間は、肩書《かたが》きはコティペルト王国指折《ゆびお》りの企業《きぎょう》の長だったり有名な学術機関《がくじゅつきかん》の研究員だったり王族だったりする。ようするに上流階級の人間ばかりである。

金持ちが道楽で役に立たないものを集める、その行為《こうい》についてはなんとなく理解《りかい》できる。

しかし額が半端《はんぱ》ではない。クラウスがのんびり三年は暮《く》らせるような額である。

「誠《まこと》に恐《おそ》れ入りますが、先方とのご連絡《れんらく》もあるので一度に全《すべ》てを買い上げるというわけには参りません。というわけで、手付けということでひとまずこれだけのお渡《わた》しとしたいのですが、構《かま》いませんでしょうか」

骨董品屋の店主が、紙に金額を記した。ひとまずこれだけなどと言うが、クラウスの金銭感覚からすればありえないほど破格《はかく》だ。どうやら、担《かつ》ごうとしているわけではないらしい。

「どう、しようかな」

口の中が乾《かわ》いているせいか、言葉がもつれた。

「何言ってるのよ貰《もら》っておきなさいよ」

隣《となり》でクラウスと同じように呆然《ぼうぜん》としていたイルミラが、クラウスの脇腹《わきばら》を肘《ひじ》でつついてきた。力がこもりすぎで痛《いた》い。

「ふむ。よかったではないか。貧困《ひんこん》生活脱出《だっしゅつ》というわけだな」

エルリーは落ち着いたものである。金額が把握《はあく》できていないのか、金銭に対する執着《しゅうちゃく》が全くないのか。多分両方だろう。

「いかがなさいますか？」

このくらいの金額のやりとりは日常《にちじょう》的なのか、余裕《よゆう》の表情《ひょうじょう》で店主が訊《たず》ねてくる。

迷《まよ》う。交渉次第《こうしょうしだい》では、もっとつり上げられるのではないだろうか。しかし、無理を通そうとして商談が流れてしまっては元も子もない。とはいっても、やっぱり貰《もら》えるものならもっと沢山《たくさん》貰いたい。

クラウスが欲《よく》と理性《りせい》の間でもがいていると、イルミラが再《ふたた》び脇腹《わきばら》に肘を入れてきた。さっきよりも更《さら》に強烈《きょうれつ》である。気のせいか、骨《ほね》が軋《きし》む音が聞こえたように思える。

「……わ、わかりました」

その少々洒落《しゃれ》にならない激痛《げきつう》が、クラウスに決断力《けつだんりょく》を与《あた》えた。

「それでお願いします」

こうして、クラウスはあっさりと貧乏《びんぼう》生活から脱出したのだった。

「はい、おまちどおさま。『悪女の微笑み《ヴェノマス・ヴィクセン》』ですよ」

クラウスのかけているテーブルの上に、いくつもの皿が並《なら》べられた。

「ああ……素晴《すば》らしい」

感極《かんきわ》まってしまい、クラウスは目に手を当てた。本当に、泣き出してしまいそうだった。『悪女の微笑み《ヴェノマス・ヴィクセン》』。クラウスが通っているパブ『ハンネマン』の中で最も値《ね》の張《は》る献立《こんだて》である。『ハンネマン』に通うようになってかなりになるが、目《ま》の当たりにするのは初めてだった。

「久々《ひさびさ》に作ったけど、結構美味《けっこうおい》しくできてると思うわ」

『ハンネマン』の主《あるじ》、レシーナ・ハンネマンが、クラウスの対面に座《すわ》りながら言う。

「わざわざありがとうございます」

「いえいえ、お客様に頂いた注文にはこたえないとね」

クラウスの礼に、レシーナは温《あたた》かい微笑《ほほえ》みで返してきた。

この笑顔を見るたび、クラウスは不思議に思う。これだけ人格が立派《りっぱ》で優《やさ》しい女性《じょせい》の次に、どうしてあんなに暴力的《ぼうりょく》かつがさつで女らしさに著《いちじる》しく欠ける妹が生まれるのか。まったくもって解《げ》せない。

「暴力的かつがさつで女らしさに著しく欠ける妹で悪かったわねー！」

イルミラの拳《こぶし》が横っ面《つら》に抉《えぐ》り込んできて、クラウスは派手《はで》に吹っ飛ばされた。いつの間にか口に出ていたらしい。

「ほらほら、ほどほどになさい。お料理が冷《さ》めちゃうわよ」

少々ずれ気味の注意をしてくるレシーナ。この一連の流れは、すっかり『ハンネマン』の日常になってしまっている。

クラウスはイルミラに文句《もんく》を言ってやろうかと思ったが、とりあえず椅子《いす》にかけ直した。

今は、食事が先である。

「さあ、どれにしよう」

改めて、テーブルの上に並《なら》んだ皿に目を向ける。

蒸《む》された肉、焼かれた肉、炊《た》かれた肉、とりあえず肉が豊富《ほうふ》である。値段《ねだん》が高くなるのもうなずけるというものだ。

それら肉を囲むようにして、色とりどりのサラダや果物《くだもの》の盛《も》り合わせ、普段《ふだん》クラウスが食べているものより数段質《しつ》が上なパンやスープなどが所狭《ところせま》しと並んでいる。

見ているだけで幸せだった。この料理全《すべ》てを自分が食べることを許《ゆる》されている、その事実がこの上なく嬉《うれ》しかった。

迷った挙《あ》げ句《く》、クラウスは結局もうもうと湯気を立てている焼かれた肉から食べることにした。こんな高そうな肉を食べるのは、いったいいつぶりだろうか。

「いただきます」

ナイフで切り、フォークを突《つ》き刺《さ》す。この一連の作業からしてなんだか懐《なつ》かしい。

フォークに刺さった肉をしばし眺《なが》めてから、クラウスは一気に口の中へと放《ほう》り込んだ。

「ぶふぉ」

行儀《ぎょうぎ》の悪い声が出た。まずかったわけではなく、その正反対である。舌《した》から快感《かいかん》が体中に染《し》み渡《わた》っていく。

だらしなく弛緩《しかん》した顔で、肉を咀嚼《そしやく》する。肉の味は、そのまま幸せの味だった。

「ああ、生きてきてよかった」

肉を飲み込んでから、クラウスはしみじみと呟《つぶや》いた。人生の意味、それを教えられたような気がする。

「うふふ。そんなに喜んでもらえたら、作った甲斐《かい》があったってものね」

レシーナが嬉しそうに言った。

「大げさねークラウスは」

イルミラが、別のテーブルから椅子を引っ張ってきてクラウスの隣《となり》に座る。

その出《い》で立ちは、クラウスの家に来たときとは異《こと》なり、半袖《はんそで》のシャツに短めのスカートというものだった。『ハンネマン』のウェイトレスの制服《せいふく》である。

「仕方ないだろうまいものはうまいんだから」

クラウスは料理を平らげていく。肉がうまい、野菜がうまい、果物がうまい。スープがうまい、パンがうまい、全てがうまい。

「そうだイルミラ、美味しいご飯が作れたらクラウスくんを喜ばせられるわよ」

そんなクラウスを眺めていたレシーナが、ふと思いついたように言った。

「なっ⁉」

イルミラがテーブルを叩《たた》いて立ち上がる。

「お姉ちゃん、それどういう意味⁉」

「さぁ、どういう意味かしら」

すっとぼけた表情《ひょうじょう》で、レシーナは首を傾《かし》げる。

クラウスは取り合わずナイフとフォークを高速で移動《いどう》させた。確《たし》かにイルミラがクラウスを喜ばせてなんになるのかよく分からないが、そんなことより今は飯である。

「そうでしょ、クラウスくん。やっぱり家庭的な女の子って男性《だんせい》から見て受けがいいと思うんだけど」

「確かにそうですね」

パンをエルガで押《お》し込みながら、クラウスは答えた。

「あれだ、料理で男釣《つ》れよ。一人くらい騙《だま》されて嫁《よめ》に貰《もら》ってくれるかもよ」

今後予想される展開《てんかい》としては、クラウスがイルミラに殴《なぐ》り倒《たお》される、エルリーが便乗してイルミラをおちょくる、脈絡《みゃくらく》なくルドルフが登場するという大体三つである。これまではその三つの事態《じたい》がだいたい六対三対一の割合《わりあい》で発生してきた。

「あらあら」

しかし、今回に限《かぎ》っては全く違《ちが》う流れがクラウスを待っていた。

「だったら、クラウスくんが騙されてくれないかしら」

レシーナが、なんでもないことのように、そう言ったのだ。

「ぶふぉ」

炊いた肉が胸《むね》につかえた。げほげほと何度もむせる。

「お、お、おおお姉ちゃん！」

イルミラも、何やらとんでもなく動転しているようだ。

「何、なに、なにを……」

「いえ、クラウスくんだったらイルミラを任《まか》せられるかな、なんて思ったのよ」

食事どころではない。

「レシーナさん！　その、からかわれては、困《こま》ります……」

なぜか最後の方の語尾《ごび》が弱くなってしまう。これはいきなりレシーナがとんでもないことを言い出すから、少し驚《おどろ》いているだけだ。自分にそう言い聞かせる。

ちら、とイルミラの様子を窺《うかが》ってみる。

イルミラは、クラウスから顔を背《そむ》けるようにして立っていた。どんな表情をしているのかは窺えない。分かるのは、耳が真っ赤になっていることくらいだった。

なんとも言えない沈黙《ちんもく》が『ハンネマン』を包んだ。クラウスの他《ほか》に客がいないこともあって、その静寂《せいじゃく》は耳が痛《いた》くなるほどである。

クラウスがどうしたものかと困《こま》っていると、

「お取《こ》り込み中失礼するぞ」

突然《とつぜん》どしんという音が静けさを無造作《むぞうさ》に叩き壊《こわ》した。

「レシーナさん、これらのチラシなのですが」

音の発生源《はっせいげん》は、エルリーだった。クラウスたちのテーブルの空いている部分に重そうな紙の束を置き、その上で頬杖《ほおづえ》をついている。

「整理しようと思ったのですが、取捨選択《しゅしゃせんたく》に難儀《なんぎ》しまして」

会話の内容《ないよう》からしてレシーナに話しかけているはずなのだが、どういうわけかその視線《しせん》はクラウスに向けられている。

「どうしたものでしょう」

しかも、やたらと冷たい。視線に、相手を問答無用で射竦《いすく》めるような重圧《じゅうあつ》が込められている。

「あらあら」

レシーナは、何事もなかったように微笑《ほほえ》んだ。

食事が終わってから、クラウスはなぜかチラシの整理を手伝うことになった。このチラシは全《すべ》て『ハンネマン』に送られてきたものであり、一介《いっかい》の客であるクラウスが手伝う道理はないのだが、まあ世の中そんなものである。

「裏《うら》が白いものは覚え書き用に使うから置いておいてちょうだい。後はそうね、割引券《わりびきけん》のついているものも捨《す》てないで取っておこうかしら」

ひとしきりそんな指示《しじ》を出すと、レシーナは今晩《こんばん》の仕込みがあると店の奥《おく》に引っ込んでしまった。

いきおい、店の中にクラウスとエルリーとイルミラが残される。

「…………」

何だろう、この重苦しい空気は。

しばし竦《すく》んでから、クラウスは急いで作業を開始した。

根拠《こんきょ》は判然《はんぜん》としない。しかし、とにかく、この空間に長居《ながい》してはいけないような気がした。間違いなく寿命《じゅみょう》を縮《ちぢ》めることになる。そんな確信《かくしん》があった。

レシーナの言った基準《きじゅん》に従《したが》い、チラシを選《よ》り分けていく。

何の技術《ぎじゅつ》も必要としない単純《たんじゅん》作業なのだが、妙《みょう》に中毒性《ちゅうどくせい》がある。徐々《じょじょ》に、クラウスは選別に没頭《ぼっとう》していた。

「こんにちは。……ふむ？　どうしたクラウス、貧困《ひんこん》に耐《た》えかねてついに下働きもいとわなくなったか」

だから、こんな下らないことを言う声が聞こえてきても全く気にもならない。

「あれだな、そのうちいかがわしい店の呼《よ》び込みやらその手の店のビラ配りにも手を出すわけだな。ああ凋落人生《ちょうらくじんせい》」

だから、こんなたわけたことを言う声が聞こえてきても全く気にもならない。

「そして最後には、浮浪者《ふろうしゃ》として王国警察《けいさつ》に捕縛《ほばく》されるわけだな。心配するな、取り調べの時にはマルムス丼《どん》の一つでも出してやる。ありがたく思え」

気にもならないわけがない。

「いい加減《かげん》にしろこの腐《くさ》れ警官」

クラウスはチラシを放《ほう》り出すようにして振《ふ》り返った。

「おお、聞こえていたのか。仕分けに没頭していて気づいていないと思っていたのでつい本音《ほんね》が」

丁度クラウスの真後ろのテーブルに腰掛《こしか》けたルドルフのへらへらニヤニヤとした笑顔が、

否応《いやおう》なしに視界《しかい》へ飛び込んでくる。

「喋《しゃべ》るな。不愉快《ふゆかい》だ」

「断《ことわ》る。愉快だ」

らちがあかない。クラウスは一切《いっさい》の意思伝達を諦《あきら》め体勢《たいせい》を元に戻《もど》した。相手にすればするだけルドルフを喜ばせてしまう。無視するのが一番である。

「あらルドルフさん、いらっしゃい。最近あまり来られませんわね」

上手《うま》い具合に、レシーナが顔を出した。

「ああレシーナさん。そのお顔を拝見《はいけん》できただけで、激務《げきむ》に打ちひしがれた僕《ぼく》の心は深く癒《いや》されます」

「お仕事が忙《いそが》しいんですね。ご苦労様。今エルガを淹《い》れますから」

「できればそのお声をいつまでも聞いていたいものです。昼も――できることなら、夜も、ずっと」

「あらあら、その言葉はこれまで何人の女性《じょせい》に向けられてきたものなのかしら」

あっさりとルドルフの求愛をいなすと、レシーナは再《ふた》び店の奥へと消えていった。

「……さて、暇《ひま》だな。そこの不景気そうな野郎《やろう》でもおちょくるか」

不景気とは無礼極《きわ》まりない。今現在、クラウスの懐《ふところ》はかつてないほど潤《うるお》っているのだ。

しかし、あえてそれを言うことはしなかった。理由は簡単《かんたん》である。まず間違《まちが》いなくたかられるからだ。

このルドルフという男、人を貧乏人《びんぼうにん》呼ばわりする割《わり》に結構《けっこう》金に困《こま》っている。クラウスのように給料が少ないせいではなく、博打《ばくち》に入れ込んだ結果だというから始末に負えない。博打で金をすってしまう警官《けいかん》。駄目男《だめおとこ》の見本のような存在《そんざい》だが、どういうわけか女性受けがいい。最近も、切れ長の目が魅力《みりょく》的な背《せ》の高い女性と並《なら》んでクレメンテ通りを歩いているのを目撃《もくげき》してしまった。ちなみにクラウスはその時、農園用の安い肥料《ひりょう》を探《さが》していたところだった。惨《みじ》めさたるや推《お》して知るべしである。

「どうしたクラウス、手が止まっているぞ。さっさと作業せんか」

「やかましい。指図《さしず》するな」

無性《むしょう》に腹《はら》が立つ。

「そうかりかりするな。気の短い男は嫌《きら》われるぞ。男女の道の先輩《せんぱい》からの忠告《ちゅうこく》だ」

「いらん。大きなお世話だ」

明らかに遊ばれている。悔《くや》しくてならない。

「エルガ入りましたよ」

エルガをトレイに載《の》せたレシーナが現《あらわ》れた。

「ありがとうございます」

ルドルフはエルガを受け取ると、ぐびぐびと一息で飲み干《ほ》してしまった。もったいない飲み方である。

「さて、それでは失礼します。仕事が残っておりますので」

そして、すぐに席から立ち上がる。代金を置いていない辺り、またツケにするつもりなのだろう。

「何しに来たんだお前」

「一時の休息を取りに来たのさ」

適当《てきとう》すぎる答えを残すと、無駄に颯爽《さっそう》とした足取りでルドルフは店から出て行った。

「……まあどうでもいいか」

確《たし》かにどうでもいい。あんな男のやることなすことは一切気にしないに限《かぎ》る。

クラウスは作業を再開《さいかい》し、

「……ん？」

すぐにその手を止めた。

何の変哲《へんてつ》もない一枚《まい》のチラシに、なぜか気を引かれたのだ。

手にとって、記されている文字に目を通してみる。

『我々《われわれ》王国詠唱士《えいしょうし》試験組合は、王国詠唱士を目指す若者《わかもの》の挑戦《ちょうせん》を待っています』

王国詠唱士試験組合。詠唱士志望者の間では、かなり有名な存在《そんざい》である。クラウスも、その名前は何度となく耳にしている。

これまでの詠唱士試験を分析《ぶんせき》し、通過《つうか》するための最適解《さいてきかい》を見出《みいだ》してそれを教授《きょうじゅ》する。いわば、詠唱士試験専門《せんもん》の学校のような場である。

『驚異《きょうい》の合格率《ごうかくりつ》を誇《ほこ》る王国詠唱士試験組合は、新規《しんき》組合員を募集《ぼしゅう》しています』『前年度の組合員合格率八割。これは他の教室等を大きく引き離《はな》す数字です』『現役《げんえき》詠唱士の実践《じっせん》的な指導《しどう》が受けられるのは組合のみ』などなど。興味《きょうみ》を惹《ひ》かれる言葉が一杯《いっぱい》である。

これまでのクラウスなら、「金がない」の一言で無視《むし》していたチラシだが、今回は状況《じょうきょう》が違う。

ためつすがめつ、チラシを眺《なが》める。何やら今月は特別月間ということで、必要な費用が半分になったりするらしい。どうにも食指が動いてしまう。

「ほら、手が止まってるわよ。ちゃっちゃっとしなさい」

イルミラがせかしてきた。

「ああ、うん……」

とりあえず、それまで分けたものと別の位置に組合のチラシを置くと、クラウスは作業を再開《さいかい》した。

が、気になって仕方ない。何度も目が広告に行ってしまう。

「何をちらちらと見ておるのだ」

その様子に気づいたか、エルリーがクラウスの視線《しせん》の先に顔を向けた。

「詠唱士組合……？　最近やたらと街中に張《は》られているものだな」

首を傾《かし》げながら、エルリーがチラシを手に取った。

「ふむ……人目を引くためとはいえ、こういう仕掛けを施《ほどこ》すのは気に入らぬな……」

文字を追うごとに、エルリーの眉間《みけん》に皺《しわ》が刻《きざ》まれていく。

「のう、クラウス」

僅《わず》かな時間でチラシに目を通し終えると、エルリーはクラウスを睨《にら》んできた。

「お主、まさかここに通おうなどと考えてはおらぬだろうな」

はいそうですと答えにくい空気満載《まんさい》である。

「ええと、その……」

「言うまでもないことだが」

クラウスの内心を見透《みす》かしたかのように、エルリーが畳《たた》みかけてくる。

「共同詠唱《ツインリード》や多段構成詠唱《クワイア》でもない限《かぎ》り、詠唱とは本来自身の力で組み立てるものだ。ましてや、詠唱士《えいしょうし》試験とやらは単独詠唱《シングル》で審査《しんさ》されるのであろう。ならば、他の人間と馴《な》れ合うことなど利よりも不利な点が多いに決まっておるというものだ」

「エルリー、凄《すご》いね。今の詠唱用語もしっかり覚えてるんだ」

「詠唱を作るに当たっての見識《けんしき》や勘《かん》は、書物を相手に己《おのれ》で磨《みが》くものだ。誰《だれ》ぞ他の人間に教えを乞《こ》うてできるものではない」

おだてて誤魔化《ごまか》そうとしたが、エルリーは全く騙《だま》されない。

「例えばお主の教室に来ている生徒たちのように、基本《きほん》的な事項《じこう》の手ほどきを受ける程度《ていど》ならよい。しかし、その段階《だんかい》を過《す》ぎてなお他人の力を借りようなどとは、言語道断《ごんごどうだん》の極《きわ》みというものであろう」

その上容赦《ようしゃ》ない。クラウスはひたすら恐縮《きょうしゅく》する。

「恥《は》ずかしいとは思わぬのか。自身の才能《さいのう》を他人に委《ゆだ》ねようとするなど」

しかし、その一言がひっかかった。

「才能？」

自嘲《じちょう》の笑《え》みが、おのずと鼻の上に浮《う》かび上がってくる。

「俺《おれ》の、才能？」

そこまで言ってから、実体のない苦いものが鳩尾《みぞおち》から口へと駆《か》け上がってきた。

「そりゃあれだ、ニコラスさんの髪《かみ》の毛と同じくらいしかないんだぜ」

笑い飛ばそうとして、失敗した。面白《おもしろ》くもなんともない。

「そんなことはない。わしが保証《ほしよう》する。お主の才能は皆無《かいむ》でない、輝《かがや》く面は存在《そんざい》する」

エルリーが、表情《ひようじよう》も変えずに言った。

「馬鹿《ばか》言うなよ。俺の基礎《きそ》魔力《まりよく》の低さ知ってるだろ。というかニコラスさんに失礼だぞ皆無とか言って」

クラウスは、失敗した軽薄《けいはく》さをもう一度装《よそお》う。

エルリーの言っていることは、気休めにしか聞こえなかった。才能があれば、五回も失敗することはない。

そのことを深く突《つ》き詰《つ》めると、試験に落ちた直後の時のように目の前が真っ暗になりそうで、だからクラウスは軽薄を装う。

「ああでもニコラスさんも頭部の全《すべ》ての毛髪《もうはつ》が失われたわけじゃなかったっけな。たまに剃《そ》らないと微妙《びみよう》に生えてきて大変なことになるとか言ってたし」

「クラウス。わしは真面目《まじめ》に言っておるのだ。茶化《ちやか》すでない」

エルリーは、真っ直《す》ぐにクラウスの目を見てきた。

「もちろん、詠唱士としての才能は著《いちじる》しく他に劣《おと》っていると言える。だがな、お主にはお主の――」

「どう？　作業は進んだかしら」

エルリーの言葉にかぶさるようにして、レシーナの声が聞こえてきた。

「あたしは終わったよ」

それまで黙《だま》っていたイルミラが、頬杖《ほおづえ》を突きながら言った。

「そこの二人はなんかお話が盛《も》り上がっててまだみたいですけどー」

棘《とげ》だらけの言葉である。

「あらあら。まあ急ぐことはないわよ」

レシーナはそんなことを言ってきたが、しかしもう一度さっきの話題を繰《く》り返す気にもなれない。それはエルリーも同じようで、むすっとした顔つきのまま分別作業を再開《さいかい》している。

しばらく、そこはかとない沈黙《ちんもく》が『ハンネマン』に立ちこめた。

「あら。面白《おもしろ》そうじゃない」

レシーナが、魔術《まじゅつ》組合のチラシを手に取る。

「行ってみるつもりなの？」

ちらりとエルリーの様子を窺《うかが》う。エルリーは何も言わず、怖《こわ》いくらいの速度でチラシを選《よ》り分けている。

「わたしは、いいと思うわよ」

そんな空気を知ってか知らずか、レシーナがそんなことを言った。

「レシーナさん」

エルリーが抗議《こうぎ》の眼差《まなざ》しを向ける。

「あら、どうして？　悪くないと思うわよ。クラウスくん、こういうところに行ったことないんでしょ？」

「はい、まぁ……」

口ごもりながら、クラウスは頷《うなず》く。

「なら、試《ため》してみるべきね」

そんなクラウスに、レシーナは微笑《ほほえ》みかける。

「わたしは詠唱の難《むずか》しいことなんて分からないし、エルリーちゃんの言っていたことも多分間違《まちが》ってはいないと思う。でも、やっぱり行ってみるべきよ」

諭《さと》すでもなく、叱《しか》るでもなく。

「色んな手段《しゅだん》を試しなさい。色んな方法を経験《けいけん》なさい。そこから、きっとあなたにあったやり方が見つかるはずだから」

それこそ通りすがりの人に道を教えるような気軽さで、レシーナはそう言った。

「それは……」

エルリーが口を開きかけ、そのままうつむいた。

「エルリーちゃんは詠唱に詳《くわ》しいから、色々心配なこともあるでしょうけど。クラウスくんはこう見えてしっかりしているから、大丈夫《だいじょうぶ》よ」

どうして、誰《だれ》も彼も自分のことをこんなに過大評価《かだいひょうか》するのか。クラウスの胸《むね》に、そんな疑問《ぎもん》がわだかまる。

才能《さいのう》はない。応用力《おうようりょく》にも理解力《りかいりょく》にも欠ける。一つまぐれ当たりにそれなりの詠唱を作ることができたが、それとてとても使いこなせる代物《しろもの》ではない。

自信に繋《つな》がる点が一つもない。客観的に評価すればするほど、落ち込《こ》むばかりだというのに。

「エルリーちゃんの先生は、そういうことに関して何か言ってなかったの？」

レシーナの問いが、クラウスを我《われ》に返らせた。

「ええと、それは……」

エルリーが、困《こま》ったようにクラウスの方を見てくる。

「まぁ、エルリーが教わったのは短い期間の話ですし、ねえ」

クラウスは慌《あわ》てて言葉を繋《つな》いだ。

「う、うむ。そうだなまったくそうだ」

エルリーがぎこちなく頷く。

「あたしも、ほら、師匠《ししょう》には基本《きほん》的に技術《ぎじゅつ》くらいしか教わってないでしょ？」

それまでむすっとしていたイルミラも、かなり不自然な間合いで会話に加わってきた。

──エルリーの正体のことを知っているのは、周囲ではクラウスとイルミラだけである。

他の人間には、エルリーの魔力《まりょく》や知識《ちしき》について「とある有名な詠唱士に師事したことがある」という風に説明しているのだ。レシーナの質問《しつもん》の内容《ないよう》も、そこからきている。

わざわざそんなことをしなくても、エルリーが大人しくしていて誰にも悟《さと》られなければ一番なのは考えるまでもないことであり、事実最初のうちはそうしようとしていた。

けれどもエルリーは、イルミラと喧嘩《けんか》するたびに凄《すさ》まじいまでの魔力を使うわ客の持ち物にかかっていた悪性《あくせい》の魔術を見抜《みぬ》いて勝手に解呪《げじゅ》してしまうわ店に出たゴキブリを詠唱で全滅《ぜんめつ》させてしまうわと常識《じょうしき》の範疇《はんちゅう》を飛び越《こ》した行動ばかりとってしまい、一般人《いっぱんじん》で通すことがどうあがいても不可能《ふかのう》になってしまったのだ。

実際《じっさい》のところ、エルリーの力は現代《げんだい》の詠唱士の水準《すいじゅん》を遥《はる》かに上回ってしまっており、教わったどうこうという言い訳《わけ》は無理がある。しかし、専門《せんもん》的な知識のない人から見れば詠唱士の具体的な力の差などというものはよくわからないものなので、そこを利用したというわけだ。少々良心の痛《いた》む方法ではあるが、背《せ》に腹《はら》は代えられない。

「なるほどね」

さほど疑《うたが》った様子もなく、レシーナは頷《うなず》いた。どうやらなんとか誤魔化《ごまか》せたらしい。

「さて、結局クラウスくんはどうするつもりなの？」

話題が、元の位置に戻《もど》った。

「うーん……」

腕《うで》を組んでしばし逡巡《しゅんじゅん》してから、クラウスは顔を上げる。

「行ってみようと、思います」

自分でも驚《おどろ》くほどに、はっきりとした言葉だった。

第二章　不確実《ふかくじつ》な不安　Uncertainty

詠唱士《えいしょうし》試験組合の建物は、クレメンテ通りの中でも一際《ひときわ》目立つ作りをしている。詠唱に興味《きょうみ》のない人間でも知っており、「組合さん」の名でだいたい通るほどである。

「でかいな……」

クラウスは、呆然《ぼうぜん》としながら建物を見上げた。手にした杖《つえ》を落としそうになり、慌《あわ》てて持ち直す。

地上六階建て。通りにある建物の中でも屈指《くっし》の高さである。

以前から何度と目にしていた建物ではあるのだが、こうして改めて前に立ってみると、その偉容《いよう》に圧倒《あっとう》されてしまう。

形は、ほぼ長方形。外から見る限《かぎ》り、一つの階につき窓《まど》が五つついているようである。日光の照り返しで、中の様子は見えない。

「うーむ」

クラウスは躊躇《ちゅうちょ》し始めた。こんな立派《りっぱ》な建物に、はたして自分のような人間が足を踏《ふ》み入れていいのだろうか。

しばし建物の近くを行ったり来たりしてから、クラウスはその場から離《はな》れた。

離れてどうする。自分でもそう思う。しかし、クラウスの足はクラウスをどんどんと組合から遠ざけていく。

結局、近くにあった本屋に入ってしまった。本屋に入ってどうする。自分でもそう思う。

小説を数冊《すうさつ》ぱらぱらと立ち読みしてから、クラウスは本屋から出た。

こんな無意味な行動を取っている場合ではない。さっさと組合に行かないと。

クラウスは組合の前に戻り、しばし行ったり来たりしてから、今度は本屋と組合を挟《はさ》んで対称《たいしょう》の位置にあるお菓子屋《かしや》に入った。お菓子屋に入ってどうする。自分でもそう思う。

『今月の新作です。ぜひご賞味下さい』

お菓子屋に入ってすぐのところに、そんな立て札とともに色とりどりのクッキーが置いてあった。

一つ取って口に放《ほう》り込む。甘《あま》くて美味《おい》しい。

ついでにもう二つ三つと食べてから、クラウスはお菓子屋から出た。

こんな無意味な行動を取っている場合ではない。さっさと組合に行かないと。

チラシによると、新規《しんき》加入者の説明会は毎週テクレン曜日の太陽が中天を突《つ》く頃《ころ》と指定されている。

そして今日はテクレン曜日であり太陽は今まさに中天を突こうとしている。もたもたしている時間はない。

意を決して、組合の扉《とびら》の前に立つ。

組合の扉は頑丈《がんじょう》そうな木製《もくせい》で、例のチラシが四枚《まい》ほど張《は》り付けられている。ノブの部分が口を大きく開いた魔獣《まじゅう》の形をしていた。

ただの装飾《そうしょく》なのに威圧《いあつ》されてしまう。余計《よけい》に入りづらい。

扉の前で更《さら》にしばらく躊躇してから、自らを落ち着けようと深呼吸《しんこきゅう》を二度三度とし、遂《つい》にえいやっとノブに手をかけようとしたところで、

「あの、すいません」

いきなり後ろから声をかけられた。

どきりとしながら振《ふ》り返ると、そこには一人の青年が立っていた。

髭面《ひげづら》に、肩《かた》くらいまである髪《かみ》。腕《うで》も胴回《どうまわ》りも足も太いが、脂肪《しぼう》でたるんでいるということはない。がっちりとしていて、筋肉質《きんにくしつ》である。

背中《せなか》に大きな荷物を背負っていた。その視線《しせん》は、きょろきょろと落ち着かずにあちこちを彷徨《さまよ》っている。素朴《そぼく》な外見と、手に持った高そうな杖が何とも不釣《ふつ》り合いである。

「どうしましたか？」

一目で、地方から出てきたばかりの人間だと分かった。おそらく、道でも聞こうとしているのだろう。クラウスも、かつて村から上京してきた時には、王都の入り組んだ地形に手こずったのでよく分かる。

「詠唱士《えいしょうし》試験組合というのは、ここでよろしいのでしょうか？」

青年が、建物を見上げながら訊《たず》ねてきた。

「ええ、そうですよ」

「おお、よかったよかった。何とか間に合いそうだ」

クラウスの答えに、青年は相好《そうごう》を崩《くず》した。

青年の名は、ランジィ・キアシュというらしい。生まれも育ちもヴァリウス地方というから、クラウスの実家であるティモ村と近い。

「オルブリッヂのお生まれですか。あの辺りは、春になると花が綺麗《きれい》でしょう」

「ええ。土が肥《こ》えているおかげで、植物がよく育ちます。うちは代々猟師《りょうし》の家系《かけい》なんで畑仕事とは無縁《むえん》ですが、とれる野菜が美味《おい》しいことは保証《ほしょう》できますよ」

　三人がけの机《つくえ》に並《なら》んでつきながら、クラウスとランジィはお国談義《だんぎ》に花を咲《さ》かせた。

「驚《おどろ》いたのが、入ったところの書架《しょか》にあった『月間詠唱士』なんですよ。あれ、確《たし》か明日が発売日でしょう？」

「あぁ、僕《ぼく》もこっちに来たばかりの頃は驚きました。ヴァリウスの方は発売日から一週間遅《おく》れで店に並《なら》びますからね。新刊《しんかん》なのになぜか微妙《びみょう》に印刷《いんさつ》が薄《うす》いなんてのもよくあることでしたし」

　二人がいるのは、建物の三階にある部屋である。一階にあった受付で組合加入の手続きを済《す》ませたところ、この場所を案内されたのだ。

　部屋は、横に長い造《つく》りをしていて、クラウスたちのかけている三人がけの机が、縦《たて》に五つずつ、横に七列並《なら》んでいる。

　ちょうどそれらの机と向かい合わせになる位置の壁《かべ》に、壁石がかけられていた。おそらく、これに色々と書き付けて講義《こうぎ》を進行させるのだろう。

　壁石の前には、講師《こうし》か何かが使うのだと思われる教壇《きょうだん》がある。いかにも金がかかっていると思われる、上等な雰囲気《ふんいき》が漂《ただよ》っている。

　ちなみに、三階にはここの他《ほか》にも四つほど部屋があり、その中のいくつかでは講義が行われていた。どうやら治癒《ちゆ》詠唱士向けの内容《ないよう》だったらしいが、畑違《はたけちが》いのクラウスが立ち聞きした程度《ていど》でも分かるほどに丁寧《ていねい》にかみ砕《くだ》かれていて、早くも講義に期待が高まるというものである。

「そう言えば、クラウスさんは詠唱士試験を受けられたことがあるのですか？」

故郷《こきょう》の話が一段落《いちだんらく》ついたところで、ランジィがそんなことを聞いてきた。

「ええ、まあ、何度か」

曖昧《あいまい》に答える。五回連続で落ちているという事実は、初対面の人間に話すにはあまりにみっともない。

「いやー、そうなのですか。僕は一度も受けたことがないのですが、まぁ一度で通る人間はなかなかいないと言いますし。何度も挑戦《ちょうせん》するその心意気があれば、きっと合格《ごうかく》しますよ」

ランジィは快活《かいかつ》に笑った。

「そう、ですかね」

一度も受けたことがない人間がそんなことを言ってもあまり説得力がないはずなのだが、クラウスはあまり反発の類《たぐい》の感情《かんじょう》をおぼえなかった。

おそらく、世辞《せじ》でも社交辞令でもなく、彼が本当に心からそう思って言ったからなのだろう。気持ちがいいほどに、爽《さわ》やかな青年である。

「ありがとうございます」

その明朗《めいろう》さを、クラウスは羨《うらや》ましく思った。

「しかし、やはりこういう場所はまだ受けたことがない者が来るものでもないのでしょうか。何か月か前の『月間詠唱士』にも、そんな記事があったような気がしますし」

ランジィが、ふと不安そうに言った。

「うーん……どうなんでしょうね」

クラウスとてこんなところ初めて来たわけで、正直なところよくわからない。が、雑誌《ざっし》の記事云々《うんぬん》を持ち出すまでもなく、試験組合で他人の力を借りようと考えるのはやはり一度や二度は挫《ざ》折《せつ》を経験《けいけん》した人間だという気がする。

「……いや、気にすることじゃないと思いますよ。色々なことを経験して、その過程で自分に一番あった手法を見つけ出せばいいわけですし」

だが、そのことを直接《ちょくせつ》告げるのはどうにもためらわれて、クラウスは以前自分に向けて発せられた言葉を引用して誤魔化《ごまか》した。

「なるほど、そうですね！」

ランジィが目を輝《かがや》かせた。

「感動しました、クラウスさんは卓見《たっけん》をお持ちでいらっしゃる」

「そんなこと、ないですよ」

ランジィの無垢《むく》な感動が、クラウスにちょっとした罪悪感《ざいあく》を抱《いだ》かせる。

「いえいえ、素晴《すば》らしい。あなたのような人が在野《ざいや》に埋《う》もれているのはもったいないですよ」

まただ。また、クラウスを誉《ほ》める人間が出現《しゅつげん》した。

怒《いか》りにも似《に》た感情《かんじょう》が、クラウスの胸中《きょうちゅう》に湧《わ》き起こる。誉《ほ》められれば誉められるほど、評《ひょう》価《か》されれば評価されるほど、自己《じこ》への不安と不信が強くなるというのに。どうして、なぜみんなクラウスの実力を見誤《みあやま》るのか。

「僕が思うに――」

クラウスの煩悶《はんもん》には全く気づかぬ素振《そぶ》りで、ランジィが言葉を継《つ》ぐ。

「今の詠唱士《えいしょうし》の水準《すいじゅん》は、往時《おうじ》と比《ひ》較《かく》して全体的に上昇《じょうしょう》していると思います。先人の偉業《いぎょう》を足がかりにして、詠唱に更《さら》なる磨《みが》きをかけられますからね。

ただ、そのせいか比重《ひじゅう》が技巧《ぎこう》や体裁《ていさい》に偏《かたよ》りすぎていると思います。詠唱の目的は、それが自分のためであれ他人のためであれ、突《つ》き詰《つ》めれば『使う』ことにあるじゃないですか。それなのに、どうも最近詠唱の研究をすることそれ自体が目的になっているような空気を感じます」

「なるほど……」

今の話だけで分かった。ランジィの方が、明らかにクラウスより深い見識《けんしき》を持っている。同じようなことを、クラウスも感じていなかったわけではない。近年の詠唱を学ぶ者には、古い詠唱からいたずらに難解《なんかい》なくだりを引用し、実用性《じつようせい》に欠ける詠唱を作り出して悦《えつ》にいる傾向《けいこう》がある。公務《こうむ》のある王国詠唱士ではなく、在野の人間に特に顕著《けんちょ》な傾向である。

だが、クラウスはそういう状況《じょうきょう》を「自分には関係ない」という一言で切って捨《す》てていた。

ランジィのように、正面から向き合ったことなど一度もなかった。

「……ああ、すいません。僕ばかりお話ししてしまいまして。田舎《いなか》だと、こういう話ができる相手もおりませんでしたので」

ランジィが恐縮《きょうしゅく》も露《あら》わに言った。耳が赤くなっている辺り、純朴《じゅんぼく》そのものである。

「い、いえいえ。お気になさらず」

クラウスは慌《あわ》てて手を振《ふ》った。

「それだけ考えていらっしゃるのは、とても立派《りっぱ》だと思いますよ。ええ」

「ちょっと、ちょっと君たち」

あまりにも突然《とつぜん》に、低い声が二人の後ろから会話に割《わ》り込んできた。本当に自分たちに向けられた言葉なのか。クラウスは自分の耳を疑《うたが》いながら振り返る。

「君たち、それはおかしいよ」

そこにいたのは、一目で付き合いたくないと思わせられるような男だった。

たとえば不潔《ふけつ》だとか、服装《ふくそう》が常軌《じょうき》を逸《いっ》しているとか、そういうことではない。

発散している空気が、あり得ないほど暗いのだ。根暗などという言葉では言い表せない、どんよりと湿《しめ》り黒ずんだ陰鬱《いんうつ》さが、目と言わず声と言わず振る舞《ま》いと言わず全《すべ》てから滲《にじ》み出ている。側《そば》に立てかけてある杖《つえ》——形状《けいじょう》からしてかなり古いものだろう——からも、何ともいえない妖気《ようき》が漂《ただよ》っているように思われる。

「詠唱はそれ自身で完結されるべきなんだ。便利な道具としか考えていない、無知蒙昧《もうまい》な一般大衆《いっぱんたいしゅう》に媚《こ》びるのはあまりに愚《おろ》かだ」

ぼそぼそとしていてしかも早口。会話を成立させるつもりがあるのかどうかも怪《あや》しいほどに、聞き取りづらい。

「例を挙げるなら、後期貴族《きぞく》時代の詠唱士ジェスロ・ルタールはその著書で『詠唱とは、言葉による芸術《げいじゅつ》である。学び極《きわ》めた者のみに理解できる、至高《しこう》にして唯一《ゆいいつ》無二の芸術である』と語っている。至言だ。現在《げんざい》の、他人に受け入れられることや実用性ばかりに汲々《きゅうきゅう》とする王国詠唱士どもに爪《つめ》の垢《あか》を煎《せん》じて飲ませてやりたいほどだ。……まぁ、勉強不足な最近の詠唱士はジェスロの名前すらも知らないだろうがな」

クラウスはげんなりした。こういう手合いは図書館などでたまに見かけたことがあるが、実際《じっさい》に絡《から》まれるのは初めてである。

議論《ぎろん》のためになされる議論を好み、そのくせ相手の意見に耳を貸《か》すことは決してしない。自分の中で一つの観念が深々と根を張《は》っていて、それを他人に押《お》しつけることを至上の喜びとする。

迷惑《めいわく》極まりない類《たぐい》の人間である。どうにかして、この場から離《はな》れたい。

「それは、あまりに一面的すぎる捉《とら》え方でしょう。あなたは、詠唱の可《か》能性《のうせい》を狭《せば》めている」

そんなクラウスとは対照的に、ランジィが真っ向から反論した。

「第一、ジェスロ・ルタールと言えば狷介《けんかい》すぎる学風で衰退《すいたい》したプログレン学派《がくは》の人間ではありませんか。過去《かこ》の遺物《いぶつ》以外の何者でもない。古いことを知っているからと言って、それがただちに価値《かち》や意味には繋《つな》がらないのですよ」

「な、な、なんだと！」

男の顔が、真っ赤になった。付き合いたくないどころか、近寄《ちかよ》りたくさえもなくなってきた。

「過去をおろそかにする、その愚かさこそが現代詠唱士界の恥《は》ずべき点だというのに！

いいか、そんな即物《そくぶつ》的な考えがいつまでもまかり通ると思うなよ。現在俺《おれ》も所属《しょぞく》している『詠唱《えいしょう》を思索《しさく》する会』には、俺と同じ考えの人間が多数いる。現代詠唱士界を正しうる、真実を知る者がな」

想像《そうぞう》するだに恐《おそ》ろしい集団《しゅうだん》である。こんな男がわらわらと集まり「最近の詠唱は駄目《だめ》だ！」などと声高らかに叫《さけ》んでいる様子など、直視《ちょくし》に堪《た》えない。そんなところに参加するくらいなら、まだエルリーとイルミラの喧嘩《けんか》を仲裁《ちゅうさい》している方がマシである。かなりきわどい天秤《てんびん》ではあるが。

「ならば、そのなんたら会で革命《かくめい》なり改革なりすればいいでしょう。どうしてこんなところに来ているのですか」

ランジィが、呆《あき》れたように言う。

「現代の世間は、王国詠唱士という肩書《かたが》きにすぐ惑《まど》わされる。それを逆手《さかて》にとって意識《いしき》を改めさせるためだ。大衆どもときたら、王国詠唱士様の言うことなら何でも聞くからな」

「ほほう。そうであれば、王国詠唱士になってから大言壮語《そうご》なされればいいでしょう。こう言っては悪いですが、今のあなたはどこの馬の骨《ほね》ともしれない存在《そんざい》だ。口先だけでは人の心は動かせませんよ」

手ひどい言葉に、男の顔が赤黒くなった。ほとんど病人である。

「ぐ、ぬ……」

充血《じゅうけつ》した目をしばたたかせると、男は荒々《あらあら》しく席を立つ。

部屋から出て行くのかと思いきや、なんとクラウスたちから横に二列離れた席に座《すわ》ってしまった。騒《さわ》ぎが聞こえていたのか、その机《つくえ》にいた女性《じょせい》が露骨《ろこつ》に嫌《いや》そうな顔をする。

「やれやれ、人が多い分あんな輩《やから》もいるのですね」

ランジィが肩をすくめる。

「ええ、まったく」

溜息混《ためいきま》じりに、クラウスは同意した。

「……僕が憂《うれ》えていたのは、ああいう存在なんです。詠唱を学んだから、詠唱に関する知《ち》識《しき》があるから、自分たちは偉《えら》いと考えている。選民意識というのでしょうか。非常《ひじょう》に気持ちが悪い」

忌々《いまいま》しそうにそう吐き捨《す》ててから、ランジィはばつが悪そうに微笑《ほほえ》む。

「申し訳《わけ》ありません。ご気分を害されてしまいましたか？」

「そんなことは、ありませんよ」

クラウスは笑顔で返した。

ランジィの熱さが、眩《まぶ》しい。純粋《じゅんすい》で、真っ直《す》ぐな熱意。

「しかし、人が増《ふ》えましたね」

ランジィが周囲を見回しながら言った。

つられて、クラウスも首を巡《めぐ》らせる。

なるほど、二人が来たときよりもかなり机《つくえ》が埋《う》まっている。話し込《こ》んでいたり、妙《みょう》な闖《ちん》入者《にゅうしゃ》が出現《しゅつげん》したせいで全く気づかなかった。

「詠唱士志望者《しぼうしゃ》の数が増えているとは聞きますが、なるほどその通りなようですね」

ランジィが感心したように何度も頷《うなず》く。

「確《たし》かに、年を追って増えていますね。一次試験の発表会場もここ最近混《こ》み具合がひどくて……」

「すまぬが、隣《となり》にお邪魔《じゃま》してもよいかな」

クラウスの言葉が、時代がかった口調の少女の声に遮《さえぎ》られた。

「あ、ええどうぞ」

クラウスは気軽に返事し、次の瞬間《しゅんかん》絶句《ぜっく》した。――時代がかった口調の少女の声、というと。

「まさか、エルリー!?」

そのまさかだった。

「そのように驚《おどろ》くこともあるまい」

簡単《かんたん》にそう言い放つと、エルリーはクラウスの隣に座った。

「おい、ちょっと待て」

おかしい。なんだってまたエルリーがここにいるのか。

「なんだ、隣に座ってはいかんのか」

「いや別にそういうわけじゃないけど」

「なら問題はないな」

エルリーは持ってきていたらしき布製《ぬのせい》のかばんを机《つくえ》の上に置くと、きょろきょろと視線《しせん》を泳がせた。

「ふむ……思っていたより女が少ないな。これなら心配することもなかったか……」

「心配って何をだ」

クラウスの問いに、エルリーは微《かす》かに動揺《どうよう》を見せた。

「いや、別に何でもない。お主には関係ないことだ。いや関係ないこともないが、とにかく関係ない」

そんなことよりだ、とエルリーが強引《ごういん》に話題を変える。

「そちらは、クラウスの友人か？」

「ん？　ああ、今さっき知り合ったばかりなんだけどね」

「お初にお目にかかる。わしはエルリー・ハンネマンという。よろしく頼《たの》む」

さすがに本名で名乗るわけにはいかないだろう。エルリーは偽名《ぎめい》を使っている。少々安《あん》易《い》すぎる命名のような気がしないでもないが。

「初めまして、ランジィ・キアシュといいます。……しかし、これはたまげましたね」

ランジィは、目をぱちくりさせた。

「ヘールサンキにはべっぴんさんが多いという話は聞いていましたが、これはまた絶世《ぜっせい》の……」

「これこれ。いきなり何を言い出すのだ。照れるではないか」

エルリーが、恥《は》ずかしそうに頬《ほお》を染《そ》めた。

「うむっ……？」

何となく、面白《おもしろ》くない成り行きである。ほとんど無意識《むいしき》に、クラウスはランジィを睨《にら》み付けた。

「おおっと、失礼失礼。そういうことでしたか」

よく分からない納得《なっとく》の仕方をしながら、ランジィが額《ひたい》をぱしぱしと叩《たた》いた。どうしてか既視《きし》感を覚える流れである。はて、いつのことだったか。

「それはそうと、エルリー。一体どうして……」

クラウスがエルリーを問いただそうとしたところで、部屋全体の空気が変わった。生徒全員が一点を注視している。

その視線の先に目をやると、一人の男性《だんせい》の姿《すがた》が見えた。

年の頃《ころ》は、クラウスよりも一回りほど上だろうか。中肉中背《ちゅうぜい》で袖《そで》を捲《まく》った白い上着という、とりたてて特徴《とくちょう》のない男性である。視力が悪いのか、矯正鏡《きょうせいきょう》をかけている。急いでいたのか、息が切れ切れになっていた。

「皆様《みなさま》、遅《おく》れてしまって申し訳《わけ》ありません。少々作業が長引いてしまいまして」

男性は呼吸《こきゅう》を整えながらそう言うと、壁石《かべいし》に小走りで駆《か》け寄《よ》った。その途中《とちゅう》で小脇《こわき》に抱《かか》えた紙の束を落としかけて、大げさな仕草で持ち直す。そのどこかおどけた様子に、くすくすと小さな笑い声が教室のあちこちから漏《も》れた。

「申し遅れました。私、皆様にこの組合についてご説明させて頂《いただ》く――」

そこまで言ってから一度言葉を切ると、男性は白墨《はくぼく》を取り出し壁石に文字を書き付けた。書きにくい白墨の割《わり》に、達筆である。

「ヴァング・ヴァーゲルネスと申します。王国詠唱士《えいしょうし》試験組合で、講師《こうし》を務《つと》めさせて頂いております。皆様、よろしくお願いします」

自己紹介《じこしょうかい》を手際《てぎわ》よく済《す》ませると、ヴァングと名乗った男性は教壇《きょうだん》の上に書類を置いた。

「組合の講義の方式は、選択《せんたく》受講式となっております。皆様全員に受けて頂く基礎《きそ》講義《こうぎ》と、皆様が得手《えて》とする詠唱の種別ごとに分かれている特殊《とくしゅ》講義の二種類がございまして、それらの講義一回分を一コマとし、合計百二十コマ受けて頂くと卒業ということになります。もちろん、ご本人の希望がございましたら、延期《えんき》受講も可能《かのう》となっております」

よどみない説明である。要点要点で少しずつ声を張《は》り、聞く者に注意力を持続させることに成功させている。さすがは試験組合の講師と言ったところだろうか。

こっそり様子を窺《うかが》うと、あの感じの悪い男も話に聞き入っている。小声でぶつぶつ言っては、隣《となり》の女性の眉間《みけん》に皺《しわ》を寄せさせてしまっているようではあるが。

「当組合では、組合員の方がご都合《つごう》のよいときに講義を受けられるように努力しております。これから講義表を配りますので、是非《ぜひ》一度目をお通し下さい」

ヴァングが机の最前列に紙を配り始めた。

少しして、クラウスたちのところにも紙が回ってくる。

紙には、曜日ごとの講義の予定が書かれていた。クラウスが専門《せんもん》とする助性《じょせい》詠唱も基礎から応用《おうよう》まで様々な科目があるようだ。

「ところで、皆様入り口のノブを御覧《ごらん》になられましたか？　あれなんだか不気味ですよね」

紙を配りながら、ヴァングがおもむろに話し出した。

「私も最近この組合で働きだしたんですが、初めのうちはあれがどうにも馴染《なじ》めなくて。もっとこう、可愛《かわい》くすればいいと思うんですよね。そうしたら女性の組合員も増《ふ》えて私どものやる気にも繋《つな》がるのですが」

愚《ぐ》にもつかない話題である。しかし、教室に漂《ただよ》っていたそこはかとない緊張《きんちょう》をほぐす効《こう》果《か》は確《たし》かにあった。それまでしんとしていた教室に、さざめきのような話し声が生まれ始めている。

曲がりなりにも人にものを教える仕事に関《かか》わる者として、クラウスは大いに感心させられた。最近働きだしたと言う割に、このヴァングという男なかなかの手練《てだ》れである。

少しだけのどかな空気の漂いだした教室を満足げに見回すと、ヴァングは教壇に戻《もど》った。

「さて、それでは講義の取り方などについてご説明させて頂きます。まず、基礎項目《こうもく》については――」

一通り説明を受けると、クラウスは組合を後にした。説明を受けた直後からでも講義は受けられるのだが、今日はこの後仕事があるのだ。残念だが、どうしようもない。

早速講義を受けるというランジィと別れ、クラウスは組合から出た。

ランジィの熱意には、素直《すなお》に感心させられる。今日の説明会が終わった後も、方式や講義の内容《ないよう》について、ヴァングに色々と質問《しつもん》していた。伸びるのは、きっとあんな人間なのだろう——そう他人事《ひとごと》のように考えてから、自分はどうなのかと焦《あせ》りだす。

こんなことなら自分も彼のように動けばよかった。今更《いまさら》ながら、クラウスはそう後悔《こうかい》する。

「のう、クラウス」

途端《とたん》に重くなった足取りで自分の授業へ向かう途中、ついてきていたエルリーが話しかけてきた。

相も変わらず、クレメンテ通りは混雑《こんざつ》している。はぐれないようにするには二人とも近づく必要があるわけで、実際《じっさい》かなり密着《みっちゃく》しているのだが、これが妙《みょう》に落ち着かない。

エルリーの髪《かみ》の匂《にお》いがする。花というか果物というか、とにかく甘《あま》く優《やさ》しい匂いだ。

「のう、クラウス」

「はっはっは。何だいエルリー」

クラウスは努めて何ともないような態度《たいど》を取ってみた。

「お主これから仕事か？」

エルリーの様子から推察《すいさつ》するに、上手《うま》くいったらしい。

「そうだよ」

「ふむ、大変だな。金が入ったのだから、少しは休めばよいのではないか？」

「うーん……」

そうしようかと考えなかったわけではない。しかし、厳格《げんかく》を絵に描《か》いたような人格《じんかく》と外見を持つ彼の上司が、「金が入ったから休む」などというかなりいい加減《かげん》な理由を認《みと》めてくれるということは天地神明に誓《ちか》ってありえず、泣く泣く断念《だんねん》したのだった。

「まったく、クラウスは仕事熱心だな」

エルリーが微笑《ほほえ》む。何とも気まずい誤解《ごかい》のされ方である。

「それはそうと、エルリー」

ふと、素朴《そぼく》な疑問《ぎもん》が湧《わ》き上がってきた。

「ここに通うお金、どうしたの？」

この組合に属するためには、最初に契約金《けいやくきん》を支払《しはら》う必要がある。特別月間だかなんだかでかなり安くはなっていたが、それでも結構《けっこう》な額《がく》になるはずだ。

「なに、レシーナさんに頼《たの》んで給料を前貸《まえが》ししてもらったのだ」

エルリーは、なかなかにとんでもないことをさらりと言った。

「前貸しって……」

「ちなみにあの破壊魔《はかいま》には絶対《ぜったい》に内緒《ないしょ》だぞ。わしがここに来ておることも、給料を前借りしていることもな」

なんとなく理由は分かる。仕事のさぼりや給料の前借りなどがイルミラにばれたら、とんでもないことになってしまうだろう。

「というわけで、わしは急いで帰らねばならぬ。また会おう」

エルリーはそそくさと帰ってしまった。

その背中《せなか》を見送ると、クラウスは自分の目的地へ向かう。

人混《ひとご》みをかき分けるようにして、ようやく仕事場である屋敷《やしき》に到着《とうちゃく》した。時間にはどうにか遅《おく》れずに済《す》んだらしい。

屋敷の中に入ると、そこには既《すで》にクラウスの教え子たちが集まっていた。

「というわけで、これが今クレメンテ通りを脅《おびや》かしている『八つ裂《ざ》きオーウェンス』騒《さわ》ぎの全貌《ぜんぼう》というわけだね」

子供《こども》たちは、一つの輪を作っている。その中央で、ギルビーが大げさな身振り手振りで何やら喋《しゃべ》っていた。

「そして、一見ばらばらに見える被害者《ひがいしゃ》にはある共通点が存在《そんざい》する。それを繋いで浮《う》かび上がってくるのが――」

声を潜《ひそ》め、少年が周囲に集まった子供たちを見回す。

「さっさと話せよ。なんか飽《あ》きてきたぞ」

「そうだそうだ」

彼の芝居《しばい》っ気たっぷりの所作とは裏腹《うらはら》に、聞いている子供たちはさっぱり盛《も》り上がっていない。

「やれやれ、これからが面白《おもしろ》いのに。……あっ、先生来てたんだ」

がっかりしたように肩《かた》を落とした少年が、クラウスに気づいて会釈《えしゃく》してきた。

「ああ、遅れてごめんね。ところで、ギルビーはまたいい加減《かげん》な話をしているのかな」

「違《ちが》うよ。今回は確《たし》かな情報《じょうほう》に基《もと》づいているんだ」

「普段《ふだん》の情報源は不確かなのか」

「先生、『八つ裂きオーウェンス』って知ってる？」

クラウスの言葉を完全に無視《むし》して、ギルビーが聞いてきた。

「締《し》め上げてやろうかこいつは。……ああ、知ってるよ。あれだろ、霧《きり》の夜に出るっていう」

クラウスの脳裏《のうり》に、幼《おさな》い頃《ころ》母から聞かされた昔話が甦《よみがえ》る。

「夜遅くに外を歩いていると、八つ裂きオーウェンスが出てきてばらばらにされちゃうよって奴《やつ》かな」

嫌《いや》な思い出が付随《ふずい》してくる。恐《こわ》がりだったクラウスはその話を聞かされた日の晩《ばん》見事に寝小便《ねしょうべん》をかましてしまい、兄から散々からかわれたのだ。

「で、それがどうしたの。最近の子はもう知らないもんだと思ってたけど」

過去《かこ》の恥《はじ》を忘《わす》れようと、クラウスは会話を再開《さいかい》した。

「その『八つ裂きオーウェンス』が、最近復活《ふっかつ》したんだ」

「はぁ？」

「街行く人を、己《おのれ》の欲望《よくぼう》の赴《おもむ》くままに殺戮《さつりく》した恐怖《きょうふ》の殺人鬼《さつじんき》——それが、この世に甦ったのさ」

「今日の授業《じゅぎょう》は、この前の続きだからね。みんな宿題をちゃんとやってきたかな」

「なんだよう、無視しないでよう」

ギルビーがぶーぶーと拗《す》ねる。

「『八つ裂きオーウェンス』がいたのいつだと思ってるんだ。百年前だぞ百年前。しかも確か死刑《しけい》になっただろ。どうやって復活するんだ」

ほとほと呆《あき》れてしまった。相変わらず、いい加減な話ばかりである。

「それは、恨《うら》みつらみが募《つの》って幽霊《ゆうれい》になって……」

「幽霊なら、王国詠唱士《えいしょうし》の退霊術士《たいれいじゅつし》がさっさと片付《かたづ》けちゃうよ。ほら、与《よ》太話《たばなし》はその辺にしろ。そういやお前に沢山《たくさん》宿題出したな、ちゃんとやってきた？」

「与太話じゃないよー。通りのみんなが結構怖《けっこうこわ》がってるの、先生知らないの？　被害者《ひがいしゃ》だって実際《じっさい》にいるのに」

「……被害者が出てる？」

初めて聞いた話である。

大きな事件《じけん》は掲示板《けいじばん》で、小さな情報は『ハンネマン』でそれぞれ仕入れているクラウスなのだが、最近空腹《くうふく》に悩《なや》まされていたため掲示板にも『ハンネマン』にも足を運んでいなかった。そのため、かなり取り残されていることは否《いな》めない。

「うん。重傷《じゅうしょう》らしいよ。何人もいるって」

「だったらやっぱり違《ちが》うな。ほら授業授業」

「ええっ、なんでー？　被害者はみんなずたずたにされてたんだよ」

「『八つ裂きオーウェンス』はね、狙《ねら》った獲物《えもの》はただの一人の例外なく完全に殺害したの。最後の最後、捕《つか》まって自分自身が八つ裂きにされるまでね」

詠唱士試験の科目に歴史があるため、クラウスは故事《こじ》に多少詳《くわ》しい。『八つ裂きオーウェンス』に関しても、ある程度《ていど》の知識《ちしき》はある。

「だから、『八つ裂きオーウェンス』の仕業《しわざ》ってことはありえないよ。だいたい、百年以上も前の人が今になって甦るなんて――」

ない、と断言《だんげん》できなかった。千年の時を越《こ》えて甦った大詠唱士だか何だったかがいる以上、もうなんでもありそうな気がしてくる。

「――甦るなんて、ありえないの。わかった？　第一、そういう話ばかりしてるのはよくないよ。誰《だれ》かが大怪我《おおけが》してるんだっていうなら、不謹慎《ふきんしん》じゃないか」

自分に言い聞かせるように、クラウスはそう断言した。そうだ。そうに決まっている。あくまであれは例外中の例外なのだ。

しかし、ギルビーは未《ま》だ納得《なっとく》していないらしい。顔全体に不満が広がっている。

「話題性《わだいせい》には事欠かないのになぁ。被害者はみんな王国詠唱士試験組合の人だとか」

「……なに。それ、本当？」

話をやめさせようとしたばかりなのに、ついクラウスは聞き返してしまった。

「うん。これも確かな情報源に基づいた話だけど」

ここぞとばかりにギルビーが喋《しゃべ》り始める。しまったと後悔《こうかい》してももう遅《おそ》かった。

「これまでに出た被害者は三人。男性二人に女性一人。いずれも人のいないクレメンテ通りを歩いているときに襲《おそ》われている。凶器《きょうき》は短刀ないし鋭利《えいり》な刃物《はもの》。治癒《ちゆ》詠唱不可《ふか》段階まで傷《きず》つけられているが、命に別状《べつじょう》はない」

ズボンのポケットから紙を取り出し、ギルビーが得意げに読み上げる。クラウスは止めることを諦《あきら》めた。

「被害者は皆《みな》王国詠唱士試験組合の組合員であり、組合には王国警察《けいさつ》の調査《ちょうさ》が入った模様《もよう》。この事件《じけん》に関して、組合はいかなる声明も出しておらず、いくつかの新聞社や掲示板記者が取材を申し込《こ》んだが全《すべ》て拒否《きょひ》されている」

ギルビーがにやりと笑う。

「きな臭《くさ》いですな。業界最大手である王国詠唱士試験組合の内部で、一体何が起こっているのだろうか」

クラウスは今日の組合の様子を思い返してみた。色々な人間がいたが、そういった事件の影《かげ》は窺《うかが》えなかったように思える。

「先生……お伺《うかが》いしたいのですが」

それまでギルビーの話に関心を示《しめ》していなかったターヤが、急に不安な表情《ひょうじょう》を見せながら話しかけてきた。

「ん？　どうしたの？」

「先生も、その組合に通ってらっしゃいますわよね」

「確かにそうだけど……あれ、なんで知ってるの？」

子供《こども》たちに組合のことを話した記憶《きおく》がない。別段隠《べつだんかく》すことでもないが、さりとて話すことでもないからだ。

「それはねぇ〜、先生」

ターヤの側にいたパルミが嬉《うれ》しそうに手を合わせた。

「わたしとターヤちゃんで通りを歩いてたらぁ、先生を見かけてぇ、わたしはやめようって言ったのにターヤちゃんが先生をもがもがもが」

パルミの口をターヤが塞《ふさ》ぐ。

「パルミさん何をおっしゃるの!?　先生、なんでもございませんからね！」

「もがー」

よく分からないが、まあクラウスが組合に行くところを見かけたのだろう。となると、組合に入らずあっちをうろうろこっちをうろうろしているところも目撃《もくげき》されてしまったことになる。えらく恥《は》ずかしい。

「よ、よし。いい加減《かげん》何回言ったかわからないけど授業《じゅぎょう》を始めるぞ」

開始時間を大幅《おおはば》に過《す》ぎている。上司にばれたら減給ものである。

子供たちが授業の準備《じゅんび》をしているのを眺《なが》めながら、クラウスはふと何とも言えない感覚が胸《むね》をよぎるのを感じた。

不安、という表現《ひょうげん》が一番近い。しかし、そう言ってしまうにはあまりに曖昧《あいまい》で不定形だった。

ギルビーの言っていることなど、あてになるはずもない。そのことは十分に承知《しょうち》している。だが、下らない話だと切って捨《す》てることがどうしてもできなかった。

「……さぁ、今日の予習はすませてきたかな？」

考えても同じだ。答えが出るわけなどない。

意図的に無視《むし》し、忘《わす》れようと努める。しかし、湧《わ》き上がってくる形の見えない何かは、なかなかその姿《すがた》を消してはくれなかった。

「では、これで詠唱基礎理論《えいしょうきそりろん》の三項目《こうもく》を終了《しゅうりょう》します。この講義《こうぎ》で本日の講義は全て終了となります。皆様忘《わす》れ物等ないように気を付けてお帰り下さい」

壮年《そうねん》の講師《こうし》が、参考書を教壇《きょうだん》に置きながらそう言った。

ランジィは伸《の》びをする。問題ないかと思っていたのだが、連続で講義を受けるとやはりきついものがある。

しかし、分類するなら明らかに心地《ここち》よい疲《つか》れである。吸収《きゅうしゅう》できる知識《ちしき》が、その質《しつ》にせよ量にせよ故郷《こきょう》にいたときとは段違《だんちが》いである。次回の詠唱士試験までここでみっちりと勉強すれば、きっと合格《ごうかく》できるに違いない。

希望に胸を膨《ふく》らませながら、ランジィは組合を後にすることにした。

「おや、あなたは……」

外に出ようとしたところで、後ろから声をかけられた。

振《ふ》り返ると、そこには説明会のときの講師がいた。確か、名前はヴァングといったか。

「もしや、説明会にいらした方ですか？」

彼はランジィのことを覚えているらしい。他にも沢山《たくさん》人がいたのになぜ自分のことを、と少し疑問《ぎもん》に思ってから、その原因《げんいん》に思い当たりランジィは赤面した。

「すいません、なんかしつこく質問してしまって……」

説明会が終わってから、ランジィはヴァングを捕《つか》まえてあれこれ聞きまくったのだ。そのときはとにかく疑問を解決《かいけつ》したい一心だったのだが、今思えば少し度を超《こ》していたような気がする。

「いえいえ。気になさることはありません。気になったことをその場で解決するというのは、とても大事なことです」

ヴァングはにっこりと微笑《ほほえ》んだ。

「ありがとうございます、そう言って頂《いただ》けると安心します」

ほっとした。どうやら、うっとうしがられていたりしたわけではないらしい。

「偉《えら》いと思います。あなたのような人なら、きっと立派《りっぱ》な王国詠唱士になれますよ」

ヴァングの温かい言葉が、胸に染《し》みる。都会の人間は冷たい——というありきたりな先入観を持っていたランジィだったが、説明会のときにいた青年といいこのヴァングといい、実のところはいい人ばかりである。

「それでは、私はまだ多少仕事がありますので、これで」

ヴァングが手を上げて会釈《えしやく》する。

「はい、お疲れ様でした」

軽く頭を下げると、ランジィは組合から外へ出た。

通りはすっかり暗くなっていたが、ランジィはさして怯《ひる》まなかった。ひとたび日が沈《しず》むと一寸《いっすん》先も見えないような闇《やみ》に包まれる彼の故郷に比《くら》べれば、随分《ずいぶん》と歩きやすい。

それよりも、人気《ひとけ》のなさが彼にとっては驚《おどろ》きだった。昼間の殺人的な混雑《こんざつ》具合が嘘《うそ》のようである。

自分の足音が、周囲の建物に反響《はんきょう》しているような錯覚《さっかく》。息を潜《ひそ》めて身を縮《ちぢ》めるかのような通りを、ランジィは一人歩く。

「――ふむ」

最初は錯覚かと思った。だが、無視することができない。自分の勘《かん》――腕利《うでき》きの猟師《りょうし》である父の後についてまわって鍛《きた》えた野性の勘に問いただす。

返答はすぐだった。


――錯覚でも勘違いでもない。

誰《だれ》かが、自分をつけてきている。


『眼《まなこ》を燃《も》やさん、瞳《ひとみ》を焼かん。天の駿馬《しゅんめ》をこの身に宿し』

詠唱を始める。ランジィが最も得意とする準攻性《じゅんこうせい》詠唱『雷眩光《サンダーストラック》』である。元々小型から中型の獣《けもの》を無力化することに特化した詠唱だが、人間にも十二分に効果《こうか》がある。

いつの間にか、周囲に霧《きり》が薄《うす》く立ちこめていた。

気持ちの悪い霧である。ランジィの故郷はよく霧がかかっていたのだが、それとは何かが根本的に違う。自然のものだという感じがこれっぽっちもしないのだ。

つけてきているのは、おそらく人間が一人。他に人がいないせいか、手に取るようにその気配を探《さぐ》ることが出来る。

目的が何かは分からないが、おそらくまともなことではないだろう。用があるなら、つけ回す必要などどこにもないはずだ。

追い剝《は》ぎの類《たぐい》だろうか。王都ヘールサンキは、他国の同規模《どうきぼ》の都市と比較《ひかく》すると大変治安がいいと言われているが、だからといって犯罪者《はんざいしゃ》がいないということにはならない。他人の金品を狙《ねら》う人間が徘徊《はいかい》していても、おかしくはない。

『千の旬芽《しゅんめ》はその実に青し。割《わ》れて弾《はじ》けて瞼《まぶた》を砕《くだ》く』

詠唱を完成寸前《すんぜん》まで持ち込んでから、発動の機会を推《お》し量る。『雷眩光《サンダーストラック》』は杖《つえ》から強烈《きょうれつ》な光を発し相手の目を眩《くら》ませるという詠唱なので、不意打ちであればあるほどその効果が高まる。

つけてきている相手は、あまり気配を隠《かく》そうとしていない。単に尾行《びこう》が下手《へた》なのか、あるいは何か策《さく》があるのか。

ランジィは歩く速度を僅《わず》かだけ落とした。少しずつ、じれったいほどに少しずつ、相手との距離《きょり》を詰《つ》める。

向こうは、ランジィの企《たくら》みに気づいていないらしい。それまでと全く変わらない歩調で近づいてくる。

『雷眩光《サンダーストラック》』が高い効果を及《およ》ぼしうる範囲《はんい》まで、もう五歩分である。慎重《しんちょう》に速度を落とす。

少しだけ風が吹《ふ》いた。その風に舞《ま》い上げられた何かが、ランジィの前を通り過《す》ぎる。

——組合のチラシだ。

四歩分、二歩分、一歩分——

発動させようとした直前で、激烈《げきれつ》な違和《いわ》感がランジィの五体を貫《つらぬ》いた。

気配が、増《ふ》えたのだ。前触《まえぶ》れもなく、全くの一瞬《いっしゅん》で。

得体《えたい》の知れない気配だった。おおよそ生気というものが感じられない。動いているのに——ありえないほどの高速で移動《いどう》しているのに、その気配には命というものが存在《そんざい》していなかった。

恐慌《きょうこう》をきたす。予想外どころではない。完全に、ランジィの許容範囲《きょようはんい》を超越《ちょうえつ》した事態《じたい》だ。

詠唱《えいしょう》を発動させることも忘《わす》れてランジィは振《ふ》り返り、

その瞬間全《すべ》てが終わった。

むせかえるほどの血の匂《にお》い。上げられることのなかった悲鳴の残滓《ざんし》。
惨劇《さんげき》の後の、不気味なくらいに澄《す》んだ空気が、クレメンテ通りを静かに満たしていく。

第三章　学舎《まなびや》にて　School

二回目だというのに、クラウスはすぐに組合へと足を踏《ふ》み入れることができなかった。

前回と同じように本屋に入り、何も買わずに出るのは気まずいので特に読みたくもない雑誌《ざっし》を買い、本屋から出ると菓子屋《かしや》に入り、何も買わずに出るのは気まずいので特に食べたくもないクッキーを一袋《ふくろ》買った。無駄《むだ》な行動の上に無駄な出費、馬鹿《ばか》らしくて落ち込《こ》んでしまう。

どうして、たかが中に入るだけなのにこれほど躊躇《ちゅうちょ》してしまうのか。色々考えて、結局自分に自信がないからだという結論《けつろん》に辿《たど》り着いた。

他の志望者《しぼうしゃ》と肩《かた》を並《なら》べて学ぶということに、引け目を感じてならない。何か間違《まちが》えてしまうのではないか、何か恥《はじ》をさらしてしまうのではないか。そんな不安が胸《むね》をとらえて放さないのだ。

分かっている。うじうじと悩《なや》んでいる暇《ひま》があれば、どんどん間違えてどんどん恥をさらせばいい。失敗を経《へ》て成長すればいい。

しかし、一歩踏み出すことができなかった。組合入りを決めたときには、大して迷《まよ》わなかったというのに。あの時は、急に金が入ったことで少々気分が高揚《こうよう》していたのかもしれない。

組合の前でそんなことを考え込んでいると、いきなりぽんぽんと肩を叩《たた》かれた。

どきりとして振《ふ》り向くと、

「何をぼけっとしておるのだ」

そこにはエルリーがいた。普段《ふだん》より顔の位置が高い。

「む、お主これから講義《こうぎ》か？」

エルリーの顔の位置が元に戻《もど》る。どうやら、背伸《せの》びしてクラウスの肩を叩いたらしい。

「ん、まぁそうだけど」

「では、少し待っておれ。よいか、わしが戻るまでここにおるのだぞ」

慌《あわ》ただしくそう言うと、エルリーはとてとてと走っていってしまった。手に籠《かご》を提《さ》げているところを見ると、買い物の途中《とちゅう》か何かだったのかもしれない。

クラウスはまたぼんやりし始めた。同じ手持ちぶさたでも、これまでと違って理由があるためか、何となく落ち着く。

さっき買ったクッキーを頬張《ほおば》りながら、人の流れを眺《なが》める。

組合に出入りする人間は、その年齢《ねんれい》も風貌《ふうぼう》も性別《せいべつ》も様々である。王国詠唱士《えいしょうし》を志望しているというただ一点を除《のぞ》けば、まったくの別人ばかりに見えるし、実際《じっさい》そうなのだろう。

わりあい組合員相互《そうご》の付き合いがあるようで、並《なら》んで歩きながら会話している様子が見られる。

「待たせたな、抜《ぬ》け出してくるのに苦労したのだ」

どれくらいたっただろうか。エルリーが息を切らせながら駆《か》け寄《よ》ってきた。

「やっぱり、イルミラにちゃんと話した方がいいんじゃないの？　前貸《まえが》ししてくれたってことは、レシーナさんは許可《きょか》してくれたんだろ」

クラウスの指摘《してき》に、エルリーはぶるぶると首を横に振った。

「大人の女性《じょせい》であるレシーナさんはともかく、あの剛拳娘《ごうけんむすめ》にはいかなる対話も意味をなさぬ。そのくらい理解《りかい》できるであろう」

「うーむ……それもそうかな……？」

なんとなく、説得力がある。

「さあ、行くぞ」

すっかり丸め込まれてしまったクラウスの袖《そで》を引っ張りながら、エルリーは組合の扉《とびら》を引き開けてしまった。

組合の一階は、広い待合室のような造《つく》りをしている。中央に背《せ》もたれのない椅子《いす》がいくつも並《なら》んでいて、左手には受付がある。その受付と椅子を挟《はさ》んで向かい合わせになる位置に黒板が立てられていて、今日の講義の予定が記されている。

「いいかい、エルリー。絶対《ぜったい》に、絶対に本気を出しちゃいけないからね。どんなことがあっても、大人しくしてること。魔力解放《まりょくかいほう》なんて論外《ろんがい》だよ」

クラウスは、講義が始まるまえに釘《くぎ》を刺《さ》しておくことにした。大変重要なことである。

「わかっておる。ここにいるのは、それなりの知識《ちしき》なりなんなりを持っている者ばかりだから危険《きけん》だと言いたいのだろう」

「ああ、なんだ。大丈夫《だいじょうぶ》なのか」

拍子抜《ひょうしぬ》けした。わざわざ言うこともなかったらしい。

クラウスが憂慮《ゆうりょ》していたのは、エルリーが『ハンネマン』にいるときのように無造作《むぞうさ》に自分の実力を発揮《はっき》してしまうという事態《じたい》だった。そんなことをすれば、エルリーがただ者ではないことがすぐにばれてしまう。

「当たり前だ。わしのことを何だと思っておるのだ」

「だって、何度止めても魔力解放使うじゃないか」

クラウスの指摘に、エルリーは頬《ほお》を膨《ふく》らませた。

「当たり前だ。あの筋肉女《きんにくおんな》と対抗《たいこう》するにはそれしか手段《しゅだん》がない」

「対抗しなくていいんだよ。何か言われても流してればどうにもならないだろ」

「たわけが。冗談《じょうだん》ではない。一歩も引くつもりはないからな」

どうしようもない。

「わかったわかった、魔力解放だとわからなければよいのだろう。今後奴《やつ》と揉《も》めるときのために対策《たいさく》を考えておくから、心配するでない」

「本当かよ……」

日頃《ひごろ》の行いを鑑《かんが》みるに、とてもではないが信用できない。

「さて、どの講義《こうぎ》を受けるつもりなのだ？」

そんなクラウスの内心を知るよしもないらしく、予定の書かれた黒板を眺《なが》めながらエルリーが無邪気《むじゃき》に言う。

「うーんと、そうだなぁ……」

受付の側《そば》に置かれている魔力時計《ファーザー・タイム》で現在《げんざい》の時間を確認《かくにん》する。

魔力時計《ファーザー・タイム》とは、近年カイヌライネン王国で発明されたばかりで、まだそう数も出回っていない品である。さっそく目につくところに置いている辺り、組合の財力《ざいりょく》が窺《うかが》い知れる。

「今からだと、この『助性詠唱概説《じょせいがいせつ》第二』ってのがよさそうだな」

時計から黒板に目を向けると、クラウスは言った。

他のほとんどの講義の名前は白字で記されているのだが、『助性詠唱概説第二』は黄色い字である。

黒板の上部にある注意書きによると、黄色の文字は現役《げんえき》の王国詠唱士が教えに来るらしい。これは大変興味《きょうみ》深い。

「ほほう」

「他のは、全部攻性《こうせい》詠唱関連みたいだしなぁ。『詠唱の歴史と未来』ってのも面白《おもしろ》そうだけど、まぁ歴史は自分でも勉強できるし」

「詠唱も自分で学べると言っておろうが」

エルリーが唇《くちびる》を尖《とが》らせる。

「うっ……。って、それじゃエルリーはなんでこんなところに来てるのさ。わざわざお金まで払《はら》って。そもそもエルリーに勉強することなんて――」

「慢心《まんしん》は学問の敵《てき》だ。己《おのれ》以外は皆《みな》己の師《し》とすべし。わしの座右《ざゆう》の銘《めい》である。ここに通い始めたのも、現代《げんだい》の詠唱の知識《ちしき》をより深めることが目的なのだ」

淀《よど》みがない。前もって返答を準備《じゅんび》していたような、そんな感じだ。

「いや、それは……」

「何だ。わしの学問的向上心にけちを付ける気か」

向上心云々《うんぬん》以前の問題として、言っていることがついさっきと明らかに矛盾《むじゅん》している。

が、エルリーの剣幕《けんまく》に押《お》され、クラウスは何も言えなくなってしまった。

「わかればよい。では『助性詠唱概説第二』か。五階の二十二番教室で行われるようだな。行くぞ」

さっさと話を打ち切ると、エルリーは正面突き当たりにある階段を上って行ってしまった。

「お、おいエルリーちょっと待て」

仕方なく、クラウスは慌《あわ》ててその後を追いかけたのだった。


『助性詠唱概説第二』の講義が行われる二十二番教室は、以前クラウスたちが説明を受けた教室とは異《こと》なり、机《つくえ》の類《たぐい》が一切《いっさい》なかった。

その代わりに、部屋の中心に巨大《きょだい》な魔《ま》法陣《ほうじん》が描《えが》かれていた。幾重《いくえ》にも同心円が描かれ、その円の隙間《すきま》に魔術《まじゅつ》文字がびっしりと書き込まれている。

「へぇ……『汝の喚起《サンタメディナ》』か。こりゃ綺麗《きれい》だな」

魔法陣を眺めながら、クラウスは呟《つぶや》いた。

『汝の喚起《サンタメディナ》』というと、魔力増幅型開放結界《ティエラアザーラ》の一種である。癖《くせ》を持つものが多い魔力増幅型結界の中では、比較的《ひかく》素直《すなお》な効果《こうか》を出す部類に入る。魔法陣士の間では汎用《はんよう》されている陣形である。

「ふむ。なかなかよくできている。ちゃんとした腕《うで》を持った人間の手によるものだな」

エルリーが、珍《めずら》しく感心している。

部屋には、二人以外にも何人か組合員らしき人間がいた。みんな、クラウスと同じ授業を受ける人間なのだろう。椅子《いす》も机もないせいで、それぞれ壁《かべ》にもたれたりしゃがみ込んだりしている。

「……げ」

その中の一人と目が合った瞬間《しゅんかん》、クラウスは暗澹《あんたん》たる気分になった。

奴《やつ》だ。前回の説明会で因縁《いんねん》をつけてきた、あの男がいる。

男は、何が気に入らないのか分からないが、クラウスとエルリーを力一杯《ちからいっぱい》睨《にら》み付けてきていた。不気味で仕方ない。

「む。どうした、知り合いか？」

事情《じじょう》を知らないエルリーが、不思議そうに聞いてきた。

「……まあ、ね」

端的《たんてき》に、それだけを答える。

この講義《こうぎ》を選んだことが、悔《く》やまれてならなかった。あの男がいると分かっていれば、何があっても別のものを選んだのだが。

男は、口の中でもごもごと何事か言っていた。もうクラウスたちを睨んではいない。虚《うつ》ろな視線《しせん》を、自分の前の床辺《ゆかあた》りに投げかけているのみである。

「気色が悪いな。粉雪花《スノウブラインド》でもやっているのか」

「……なにそれ？」

「む、知らぬのか。オジーの葉をすりつぶし、その粉を煮詰《につ》めて作る薬だ。わしは試《ため》したことがないのでよくわからんが、多幸感や頭の冴《さ》えが得られるらしい」

「違《ちが》うと思うよ。そういうよろしくなさそうな薬をどうこうしてるんじゃなくて、何というか元からあんな感じなんだと思う」

クラウスもエルリーも、自然と小声になった。少々常識《じょうしき》と乖離《かいり》してしまったものを見たときの、正常な反応《はんのう》である。

そんな二人を、男がちらりと見てきた。途端《とたん》、男の目の濁《にご》りが色濃《いろこ》くなる。

「ふむ……今の詠唱士志望者《えいしょうししぼうしゃ》にはあのような手合いもいるのだな。お主や、この前の鬚面《ひげづら》のような奴《やつ》ばかりではないということか」

エルリーが感慨深《かんがいぶか》げに言う。

「昔の詠唱を究めようとしている人間は、大体があのような感じだったぞ。少しでも感覚を研《と》ぎ澄《す》ますために粉雪花《スノウブラインド》や慈甘草《スイート・リーフ》を乱用《らんよう》してな、どいつもこいつも死人のような目をしておった」

なかなかに衝撃的《しょうげきてき》な話だった。

エルリーがかつて生きていた『魔術復興時代《ふっこう》』は、錬鉄技術《れんてつぎじゅつ》に押《お》され一度は衰退《すいたい》した魔術が再《ふたた》びその息を吹《ふ》き返した時代として語り継《つ》がれている。だが、その時代の詠唱士たちがいったいどんな風に詠唱に取り組み、結果を生み出してきたのかは、その後の戦乱《せんらん》により記録のほとんどが散逸《さんいつ》したため詳《くわ》しくは分かっていない。

これまでクラウスは、『魔術復興時代』といえば、超《ちょう》一流の詠唱士が神がかった閃《ひらめ》きでもって新たな発明なり発見なりを成し遂《と》げた時代だったのだという風に漠然《ばくぜん》と考えていた。

エルリーの登場がそれに拍車《はくしゃ》をかけたのだが、実際《じっさい》のところはそうでもなかったらしい。

それにしても、とクラウスは思う。薬物に頼《たよ》ってまで詠唱に取り組むとは、実に悲壮《ひそう》である。何故《なぜ》にそこまで必死になったのか。そのことに思いを巡《めぐ》らせると、行き着く答えは一つだった。

才能《さいのう》。この世に生を受ける瞬間《しゅんかん》に割《わ》り振《ふ》られる、本人の意思ではどうにもならない能力。エルリーのような天才を前にして、当時の詠唱士たちはさぞ絶望《ぜつぼう》したに違《ちが》いない。薬物の力を借りたくなる気持ちも、分からないでもない。

「まったく、思い出すたびに不可解《ふかかい》だ。体を壊《こわ》しかねないものに頼るなど。どうして自分の力で詠唱と向き合わないのか」

エルリーの言葉は、残酷《ざんこく》だった。天分に恵《めぐ》まれた者のみが持ちうる無慈悲《むじひ》な響《ひび》きが、確《たし》かにこもっていた。

「そうするしか、なかったんじゃないかな」

クラウスは反発した。

「誰《だれ》も彼もが、エルリーみたいにできるわけじゃないよ。どんなにあがいても、越《こ》えられない一線っていうのは誰にだってあるんだ」

「それは甘《あま》えだ。言い訳《わけ》に過《す》ぎん。壁にぶち当たれば努力すればいい。諦《あきら》めてしまえばそれまでだ」

どこまでも、エルリーは容赦《ようしゃ》ない。

——少し、苛立《いらだ》った。どうして、こんなに自信満々に喋《しゃべ》ることが出来るのか。

「違うって。人にはそれぞれ天分ってのがある。その中で、出来る限《かぎ》りのことをするのは当たり前だよ。でも、自分の限界《げんかい》ってのを知ることも大事なんだ」

そうなのだ。そうでないとおかしい。

クラウスの脳裏《のうり》に、一人の人物の姿《すがた》が浮《う》かんでくる。兄であり、目標であり、あらゆる意味で手の届《とど》かないところにいる人物。

彼は、クラウスが費《つい》やした時間とは比較《ひかく》にならないほどの短さで、王国詠唱士の肩書《かたが》きを手に入れた。才能という要素《ようそ》が関与《かんよ》していなければ、こんな差が生まれるはずがない。

「聞こえがいい言葉だな。しかし、それは逃避《とうひ》でしかない。どれほど飾《かざ》ったところで、結局は妥協《だきょう》を誤魔化《ごまか》しているだけだ」

どこまでも話が嚙《か》み合わない。

「だから、言ってるだろ――」

クラウスが反論《はんろん》しようとしたところで、

「すいません、また遅《おく》れてしまいました」

教室に誰かが入ってきた。

「いやいや。実は私、色々作業を任《まか》されておりまして」

ヴァングだった。説明会の時と同じように、袖《そで》を捲《まく》って小脇《こわき》に書類やら本やらを抱《かか》えている。

　クラウスとエルリーの口論は、中断《ちゅうだん》される形となった。

　どちらからともなく、距離《きょり》を少しずつ取る。二人の間に、少しだけなおかつ妙《みょう》に深い隙《すき》間《ま》が出来ていく。

　段々《だんだん》と、気まずさが湧《わ》き上がってくる。

　自分の言ったことが間違いだとは思わない。しかし、エルリーとこうして微妙《びみょう》な空気を共有してしまっていることが、どうにも落ち着かないのだ。

　いっそのこと、謝《あやま》ってしまおうか。そんな気弱な考えが頭をもたげてくる。

　思い悩《なや》んでいると、視《し》線《せん》を感じた。またあの男だ。

　喧嘩《けんか》しているのを嘲笑《あざわら》っているのかと思いきや、やはり怒《いか》りに満ちた面持《おもも》ちである。ここまで悪意を向けられると、薄気味《うすきみ》悪さを通り越《こ》してある種すがすがしい。

「さて、それでは『助性詠唱概説《じょせいえいしょうがいせつ》第二』の講義《こうぎ》を始めます」

　そんな様子には気づく素振《そぶ》りもなく、ヴァングが壁石《かべいし》の前に立った。

「これから、皆様《みなさま》に現役《げんえき》の王国詠唱士さんを紹介《しょうかい》します」

　言いながら、壁石に文字を書き付ける。どうやら人名のようである。相変わらず達筆だ。

「助性詠唱士の、トピーア・ウェドガイ・サメットさんです。どうぞ、お入り下さい」

　ヴァングの紹介《しょうかい》を受けて、ローブを羽織《はお》り杖《つえ》を抱えた人間が部屋に入ってきた。

とにかく小さい。クラウスの教え子に混《ま》じっても違和《いわ》感のなさそうな体つきである。入ってきたその人物は、堂々と歩き、途中《とちゅう》でいきなり転んだ。ローブの裾《すそ》を踏《ふ》んづけたらしい。あまりのことに、教室が静寂《せいじゃく》に包まれる。

転んだ人物は、慌《あわ》てて杖を拾いながら起きあがった。そして動揺《どうよう》した様子で周囲を見回すと、咳払《せきばら》いを一つして喋《しゃべ》り始める。

「ご紹介にあずかりました、トピーア・サメットです。トピーアさん、と呼んで頂《いただ》いて結構《けっこう》ですよ」

幼《おさな》い声だった。声変わりする前の少年のそれである。なぜか、聞き覚えがあるような気がしないでもない。

クラウスは、トピーアと名乗る人物をまじまじと眺《なが》めた。

顔つきも、声から受けた印象そのままだった。少年、と断言して間違いなさそうな風貌《ふうぼう》である。首から下がった『愚者の鎖《バスタードチェイン》』がなければ、とても王国詠唱士だとは思えない。羽織ったローブが目を引く。くすんだ色合いからかなりの年代物だということがわかるが、手入れが行き届いていて綺麗《きれい》である。

肩《かた》に、杖をもたせかけていた。体が小さいせいか、大変重そうに見える。

「今日は、『助性詠唱概説第二』ということで、短い時間ですが皆さんに助性詠唱について色々とご教授《きょうじゅ》させて頂《いただ》きます。何分青二才ですので至《いた》らないところも多々あると思いますが、よろしくお願いします」

どう見ても子供《こども》なのに、堂々とした喋《しゃべ》りっぷりである。多数の見知らぬ人間を前にして、ここまでしっかりと話す自信はクラウスにはない。

さすが、というべきなのだろう。やはり、王国詠唱士は並《なみ》の人間では務《つと》まらないようだ。

「では、早速講義を始めましょう。今日いる組合員さんは……ご、ろく、七人ですね。これくらいなら大丈夫《だいじょうぶ》かな」

杖を両手で持ち上げると、トピーアと名乗った少年詠唱士は魔法陣《まほうじん》に歩み寄《よ》った。

「では皆《みな》さん、順番に自作詠唱をこの『汝の喚起《サンタメディナ》』の中で発動させて下さい。それぞれの詠唱に、僕《ぼく》から助言をさせて頂きます」

冗談《じょうだん》ではない。クラウスの頭は真っ白になった。

クラウスの手持ちの自作詠唱は、手持ちというのもおこがましいほどに貧弱《ひんじゃく》である。そんなものを他人の前で発動させるなど、拷問《ごうもん》に等しい。

「うーん……それじゃあ……」

その途中で、クラウスと目が合う。

「……うそっ」

トピーアは、明らかに驚《おどろ》いたような素振《そぶ》りを見せた。目を見開き、口元に手を当てている。

「どうなさいました？」

ヴァングが不思議そうに訊《たず》ねる。

「い、いえなんでもありません。では、うん、そちらの方にお願いします」

トピーアは、なんとクラウスを指差してきた。

「えっ、自分ですか⁉」

クラウスも動揺《どうよう》した。心の準備《じゅんび》がこれっぽっちもできていない。

「はい。期待してますよ」

わけがわからないことをトピーアが言う。初対面であるクラウスに、なんの期待ができるというのか。

「その、ええと」

「さあ、どうぞどうぞ」

にこやかにトピーアが促《うなが》してきた。

他の組合員たちが、興味津々《きょうみしんしん》といった面持《おもも》ちでクラウスをじろじろ見てくる。おそらくはトピーアの言葉のせいだろう。勘弁《かんべん》して欲《ほ》しい。

助けを求めるように、クラウスはエルリーを見た。

ずっと無言のままだったエルリーは、やはり無言のままでクラウスから目を逸《そ》らした。

当たり前といえば、当たり前の反応《はんのう》である。

クラウスは諦《あきら》め、魔法陣の中央へと移動《いどう》した。

「クラウス・マイネベルグといいます。よろしくお願いします」

我《われ》ながら簡潔《かんけつ》な自己紹介《じこしょうかい》である。とはいっても、他に話すことがないのだからどうしようもない。

「あの、お仕事は、何をなされているのですか？」

トピーアが訊《たず》ねてくる。

「ええと、私立《しりつ》の詠唱《えいしょう》教室で子供相手に詠唱を教えてます。一応扱《いちおうあつか》いは臨時《りんじ》ですが、最近はほとんど正規《せいき》と変わりありませんね」

「なるほど。教師《きょうし》をやりながら詠唱士を目指してるんですね。……素敵《すてき》だと、思います」

なぜか顔を赤くしながら、トピーアが言う。

「そんな、全然大したことありませんよ」

本当に大したことではない。クラウスが教えているのは基本中《きほんちゅう》の基本であり、多少なりとも勉強すれば誰にでもできることである。

「クラウスさんは、謙虚《けんきょ》なんですね」

トピーアは屈託《くったく》なく笑った。クラウスの言葉の意味がわかっているのかいないのか。おそらくわかっていないだろう。

「それでは、そろそろ詠唱をどうぞ」

ヴァングが促してきた。

「……はい」

心臓《しんぞう》が、嫌《いや》な感じに高鳴る。どうあってもいい方向には作用しない緊張《きんちょう》である。

どの詠唱を使ったものだろうか。クラウスは悩んだ。

人前で使える詠唱がないわけでもないが、発動させるのに条件《じょうけん》が必要である。そして、この場では条件を満たしていない。──月が、まだ出ていない。

なので、何か別の詠唱で間に合わせる必要がある。しかし、他に披露《ひろう》するに堪《た》えるものは正直言って一つとしてない。

「どうなさいましたか？」

ヴァングの不思議そうな声が、クラウスを急《せ》かす。

進退窮《しんたいきわ》まった。

『煙《けむ》る世界を包むのは、白く聖《せい》なるそして美しき紛《まが》うことなき奇跡《きせき》の輝《かがや》きをもつ叢雲《そううん》を思わせる霧《きり》』

半《なか》ば以上やけくそを起こして、クラウスは詠唱を始める。

『叢霧の理《ホーリースモーク》』。去年の詠唱試験で披露し、失笑《しっしょう》を買ってしまった詠唱である。

『我《われ》の願いはすなわち、この場をその霧で包むことなり。いざ来たれ浮遊《ふゆう》する磨《みが》かれた瞬《しゅん》間《かん》の美学。幻煙以方《げんえんいほう》、厳煙意崩《げんえんいほう》』

一気に詠唱を仕上げてしまう。もうどうにでもなれだ。

詠唱の完成から、クラウスの杖《つえ》からもくもくと白い煙が吹《ふ》き出し始めた。

白い煙はただひたすらにもくもくと吹き出し、何をするでもなく部屋に充満《じゅうまん》し、やがて徐々《じょじょ》に薄《うす》まり、最後は何事もなかったかのように消えた。

あとに、ぽかんとした人々だけが残された。エルリーまで、曰《いわ》く言い難《がた》いほどに呆《ほう》けた表情《ひょうじょう》をしている。

「……え、えーと」

トピーアが、きょろきょろとせわしなく視線《しせん》を動かす。

「その発動までの時間は、詠唱遅延《ディレイ》じゃないですよね。なんでそんなに時間が……あ、わざと遅《おく》らせることで、何かの効果《こうか》を狙《ねら》ってるんですね！」

苦しすぎる解釈《かいしゃく》である。第一、「何かの効果を狙ってる」という表現からして実のところ見当がついていないことが丸わかりである。

「いや、別にそういうわけでは……」

トピーアに話を合わせて適当《てきとう》なことをでっち上げるということもクラウスは考えたが、そんな度胸《どきょう》も能力《のうりょく》もないことに思い当たり、結局素直《すなお》に白状《はくじょう》することにした。

発動までに時間がかかったのは、単に詠唱に不都合があるからである。繋詞《けいし》の効率《こうりつ》は悪いし、縁詞《えんし》に至《いた》ってはほとんどない。一応『幻煙の鏡《スモークミラーズ》』という詠唱の詠唱模写《インペリテリ》に基《もと》づいているのだが、本体に引き替《か》えあからさまに劣《おと》っている。

「そう、なんですかー。……うーんうーん、『幻煙の鏡《スモークミラーズ》』の詠唱模写《インペリテリ》でしょうし、やっぱり局地制圧《せいあつ》とか緊急退避《きんきゅうたいひ》とかが主目的ですか？」

「ええ、それを念頭においてつくりました」

「それだと……あのー」

トピーアがばつが悪そうに目を逸《そ》らす。

「詠唱の効果時間が、短すぎます。せめていまの五倍から十倍はないと、その、使い物に……」

身も蓋《ふた》もない言い方だ。完膚《かんぷ》無《な》きまでの否《ひ》定《てい》である。

「こういう詠唱には、即効性《そっこうせい》と制圧力が必要です。ですから、今みたいなのは……」

困《こま》り切ったのか、トピーアは杖《つえ》を抱《かか》えるようにして腕《うで》を組んだ。

「どこをどう直したものか……そもそも根幹構成《こんかんこうせい》からして問題があるような……」

絶望《ぜつぼう》的な独《ひと》り言が聞こえてくる。根幹構成に問題があるということは、『叢霧の理《ホーリースモーク》』は事実上死刑宣告《しけいせんこく》を受けたようなものである。

分かり切っていたことだが、クラウスは落胆《らくたん》した。自分の作り出したものが認《みと》められないというのは、やはりとても哀《かな》しい。

小さくくぐもった笑い声が、静まりかえった教室にこだました。発生源《はっせいげん》は、もう言うまでもない。

頬《ほお》の片側《かたがわ》だけをつり上げるという嫌味《いやみ》この上ない笑顔《えがお》を浮《う》かべながら、あの男がクラウスの方を見ていた。侮蔑《ぶべつ》と嘲弄《ちょうろう》が入り交《ま》じった不快極《ふかいきわ》まりない視線が、クラウスをなめ回す。

「とにかく、そうですね、一度抜本《ばっぽん》的な見直しをすれば、十分な水準《すいじゅん》まで持って行けると思いますよ」

トピーアが、そんなことを言う。何とか励《はげ》まそうとしているようだが、まったく助け船になっていない。

「それじゃ、うん。次の人行きましょうか」

遂《つい》に、トピーアはクラウスの詠唱《えいしょう》を擁護《ようご》することを放棄《ほうき》してしまった。

肩《かた》を落としながら、クラウスは魔《ま》法陣《ほうじん》から離《はな》れる。

がっかりしていないと言えば嘘《うそ》になる。しかし、得体《えたい》の知れない安堵《あんど》感も同時に芽生えていた。

これまで、いやにクラウスは誉《ほ》められてばかりだった。おかしな表現《ひょうげん》だが、それに比《くら》べれば、まだ居心地《いごこち》がいい。

自分はやはり、パッとしないのだ。そんな情《なさ》けない自覚を、クラウスは繰《く》り返し繰り返し反芻《はんすう》する。

「では……そちらの方、お願いします」

トピーアが指したのは、あの根暗男だった。

「わかりました」

男は、自信満々といった様子で魔法陣へと歩み寄《よ》る。

「名前は、ステイム・ルカサー。『詠唱を思索《しさく》する会』の副幹事長《ふくかんじちょう》を務《つと》めている。『詠唱を思索する会』というのは――」

魔法陣の中央に立つなり、男は尊大《そんだい》な態度《たいど》で長々と自己紹介《じこしょうかい》を始めた。

「ええと、あの……」

当惑《とうわく》するトピーアにもさっぱり気づかない様子で、男の話は続く。

「現在《げんざい》の詠唱士界は、未曾有《みぞう》の危機《きき》に立たされていると言っても過言《かごん》ではない。それを、古来より育《はぐく》まれた智恵《ちえ》と良識《りょうしき》によって改善《かいぜん》するため、私は――」

聞かれてもいないことを、ぺらぺらと喋《しゃべ》り続ける。自分の言葉に酔《よ》っていることがありありと分かる話しぶりである。

「すなわち、詠唱とは――」

「お話はもう結構《けっこう》です」

トピーアの凜《りん》とした声が、ステイムという名前の男の長広舌《ちょうこうぜつ》をぴしゃりと遮《さえぎ》った。

「あなたも詠唱を学んだ者なら、自らの詠唱で自らを語って下さい」

簡潔《かんけつ》なその言葉は、ステイムの冗長過《じょうちょうす》ぎる演説《えんぜつ》とは比較《ひかく》にならないほどの迫力《はくりょく》と説得力があった。

ステイムの顔が赤黒く変化する。しかし、威圧《いあつ》されてしまったのか、何も言い返すことができないようである。

「……いいだろう。ぐうの音《ね》も出ないほどに驚《おどろ》かせてやる」

憎々《にくにく》しげに、ステイムが吐《は》き捨《す》てる。

『理《ことわり》の基《もとい》、殊《こと》に悖《もと》らず音《おと》に劣らず』

ステイムは杖を横向きに構《かま》えると、重々しい声で詠唱を始めた。

普段《ふだん》の喋り方からは想像《そうぞう》もつかないほどに、くっきりとした発音である。詠唱をどうこう語るだけあって、こういうところはしっかりしているようである。

『故《ゆえ》の根源をここに満たす、末《すえ》の尊厳《そんげん》をここに果たす！　半地《はんち》鳴駒理《めいくり》、吟探《ぎんたん》！』

ステイムが杖を大仰《おおぎょう》に振《ふ》る。鍵言《けんげん》の仕様が微妙《びみょう》に違《ちが》うところからみて、古式詠唱の基本《きほん》に則《のっと》っているらしい。

途端《とたん》に、空中に文字列が出現《しゅつげん》した。魔術《まじゅつ》文字である。

「ふふふ。完璧《かんぺき》だ」

満足げな声。ステイムの顔の色は元に戻《もど》っていた。よほど詠唱の出来が気に入っているらしい。

浮遊《ふゆう》する魔術文字は、凄《すさ》まじい速度でその姿《すがた》を変えている。何かを演算《えんざん》しているようだ。

やがて、文字はその動きを止めた。

「ふん。『液浄の公式《リキッドテンション》』――だったか」

エルリーが鼻を鳴らす。

『液浄の公式《リキッドテンション》』。クラウスにも思い当たる名前である。

元々は魔力の計算式だったのだが、その式の複雑《ふくざつ》さに魅了《みりょう》される人間が増《ふ》え、時代が下るにつれ本来の目的から離《はな》れ、ただ式を作り解《と》くためだけに使われていったという歴史を持っている詠唱だったはずだ。

「『液浄の公式《リキッドテンション》』を無作為《むさくい》に作成する詠唱ですね。同種の詠唱——作成速度や出来上がった式の難易度《なんいど》からみても、既存《きそん》のものに見劣りはしませんね」

トピーアが言った。

「まぁね。伝統と格式《かくしき》に則った詠唱であるからして、問題点などあるはずがない」

ステイムが胸《むね》を反らす。得意の絶頂《ぜっちょう》といった面持《おもも》ちだ。

「確《たし》かに、演算詠唱としては非《ひ》の打ち所がない出来です。しかし、僕は断言《だんげん》します」

トピーアの真っ直《す》ぐな目が、ステイムに向けられる。

「あなたは、今のままでは決して王国詠唱士《えいしょうし》になれない」

ステイムが、傲岸《ごうがん》な表情のままでしばらく固まった。

「な、な、なぜ……」

徐々《じょじょ》に、またしても顔色が赤黒くなる。

「理由を説明しなくてはなりませんか。重症《じゅうしょう》ですね」

呆《あき》れたように、トピーアが溜息《ためいき》をついた。

「王国詠唱士の務《つと》めは、世のため人のために己《おのれ》の力を行使することにあります。あなたが今発動させたような、閉《と》じた詠唱は必要とされていません」

「ばかな！」

ステイムが声を荒《あら》げる。

「詠唱とは、豊富《ほうふ》な知識《ちしき》と卓越《たくえつ》した技術《ぎじゅつ》を持つ者にのみ与《あた》えられた至高《しこう》の芸術《げいじゅつ》だ！　考えることを放棄《ほうき》した愚昧《ぐまい》な大衆《たいしゅう》に媚《こ》びるなど、もってのほかではないか！」

説明会の時と同じようなことを言っている。よほど、そういった考えに凝《こ》り固まっているのだろう。

「プログレン学派《がくは》の人ですか……。最近増えているとは聞いていましたが」

うんざりしたのか、トピーアが額《ひたい》に手を当てる。

「あなたには、王国詠唱士よりも詠唱学者の方が向いていると思います。好きなだけ、詠唱の思索《しさく》とやらができますよ」

ステイムの神経《しんけい》を逆撫《さかな》でするには、十分すぎる言葉だった。

「貴様《きさま》、詠唱士として恥《は》ずかしくないのか！」

ステイムの口から、暴言《ぼうげん》が飛び出す。

「ちょっと、言葉を慎《つつし》んで下さいステイムさん。失礼ですよ？」

ヴァングが、慌《あわ》てて二人の間に飛び込《こ》む。

「ふん。こんな奴《やつ》に払《はら》う敬意《けいい》などない。大衆《たいしゅう》に魂《たましい》を売った、詠唱士と呼《よ》ぶのもおこがましい俗物《ぞくぶつ》などに――」

「聞き捨《ず》てなりませんね」

静かな声だった。そしてそれだけに、身を縮《ちぢ》まされるほどに強力な威圧《いあつ》感が発散されていた。

「僕《ぼく》たち王国詠唱士は、命をかけて仕事をしています。自らの詠唱を役立てることに、誇《ほこ》りを感じています」

トピーアは、はっきりと怒《おこ》っていた。

「さっきの言葉を撤回《てっかい》して下さい。僕は助性《じょせい》詠唱士ですが、自分を侮辱《ぶじょく》してくる人間を打ち据《す》える程度《ていど》の手段《しゅだん》は持っていますよ」

「ぐっ……」

ステイムが絶句《ぜっく》する。

「トピーアさん、落ち着いて下さい。揉《も》め事は、いやはや……」

そんな二人の間で、ヴァングはすっかり弱り切っていた。なんとも哀《あわ》れである。

「……不愉快《ふゆかい》だ！　もう帰る！」

捨て台詞《ぜりふ》を残すと、ステイムは足音も荒く教室から出て行ってしまった。

「ごめんなさいね、皆さん。少しかっとなってしまいました」

しばらくしてから、トピーアが申し訳《わけ》なさそうに口を開く。

「本当にすみません。円滑《えんかつ》な講義《こうぎ》の妨《さまた》げをしてしまって……」

続けて、ヴァングに頭を下げた。

「いえいえ、そんな。王国詠唱士ともあろうお方がそんな……。ともかく、それでは、改めて講義を再開《さいかい》しましょうか」

当惑《とうわく》しつつもほっとした様子で、ヴァングが仕切り直した。


残りの人間の詠唱は、滞《とどこお》りなくすらすらと進んだ。

どの詠唱もクラウスのものよりは遥《はる》かに質《しつ》がよく、もしかしたら自分以下の人間がいるかもしれない、などと情《なさ》けない期待を抱《いだ》いていたクラウスはすっかり落ち込まされてしまった。中には、助性詠唱を専門《せんもん》にしていない者さえいた。本来は攻性《こうせい》・準《じゅん》攻性詠唱を中心に学んでいるのだが、見識《けんしき》を広げるために助性詠唱の講義に参加したらしい。いわば片手《かたて》間《ま》でやっているわけで、そんな人間にまでクラウスは劣《おと》るわけだ。己《おのれ》の才能《さいのう》の乏《とぼ》しさが恨《うら》めしい。

「基本《きほん》を忠実《ちゅうじつ》に踏《ふ》まえた、いい詠唱《えいしょう》だと思います」

そんなこんなで、詠唱の披露《ひろう》は最後の一人になっていた。

「ただ……エルリーさん、でよろしかったですか？」

「はい、そう呼《よ》んで頂《いただ》ければ」

最後の一人は、エルリーだった。

「僕が思うに、個性《こせい》が足りないと思います。あなたが作った、あなただけの詠唱とは言い難《がた》い。詠唱模写《インペリテリ》の域《いき》を少し越《こ》えてしまっているような、そんな印象を受けます」

トピーアの言葉に、エルリーは深く頷《うなず》いた。

「なるほど、全くおっしゃるとおりでございます」

やたらと馬鹿丁寧《ばかていねい》である。クラウスがわざわざ注意したこともあって、彼女なりに気を付けているのだろうが、普段《ふだん》のエルリーを知るクラウスにしてみればどうにもこうにも不気味である。

「色々と文句《もんく》をつけましたが、構成力《こうせいりょく》、選別力はなかなかのものだと思います。頑張《がんば》って下さいね」

「恐縮《きょうしゅく》です。お言葉を胸《むね》に、以後も一層奮励《いっそうふんれい》努力します」

エルリーの発動させた詠唱は、とある助性詠唱を多少改変させたものだった。発動させるときにもあまり魔力《まりょく》を乗せないようにしていたため、大変平凡《へいぼん》な仕上がりになっていた。

どういう種類の物事にせよ、達者な人間が下手《へた》にやってみせることは結構難《むずか》しい。わざとらしくなりすぎるか、でなければ本来の実力の片鱗《へんりん》が垣間見《かいまみ》えてしまうかのどちらかである。

しかし、エルリーは完璧《かんぺき》に「平均《へいきん》より多少上」という存在《そんざい》を演《えん》じきって見せた。本物の一流は、どんなことでもこなせてしまうらしい。

「はい、あなたにはまだまだ隠《かく》された実力があると思いますよ。自分を信じていけば、きっと成功できると思います」

トピーアが微笑《ほほえ》む。もちろん深い意味などないのだろうが、何ともひやひやさせられる言葉である。

「ご助言、感謝《かんしゃ》いたします」

エルリーは、あくまで謙虚《けんきょ》だった。

「さて、以上で全員終了《しゅうりょう》ですね」

トピーアが、ヴァングの方を見ながら言う。

「そうですね……でも、時間的にはまだ余裕《よゆう》があるんですよ。終了になったら受付から連絡《れんらく》が来ますから」

ヴァングが、困《こま》ったように答えた。

「魔力時計《ファーザー・タイム》で時間を管理してるんですね。効率的《こうりつ》でいいと思います。……さて、まだ時間があるなら」

ここで、初めてトピーアが違《ちが》う表情《ひょうじょう》を見せた。外見相応《そうおう》とでもいうべき、いたずらっ子のような表情である。

「皆《みな》さん、僕に挑戦《ちょうせん》してみませんか？」

あまりに唐突《とうとつ》すぎて、クラウスはその言葉の意味を咄嗟《とっさ》には理解《りかい》しかねた。

それは他の組合員たちも同じようで、誰《だれ》もが戸惑《とまど》った視線《しせん》を互《たが》いに交《か》わすばかりである。

「簡単《かんたん》なことですよ。僕が『護りの皮膜《シュラウド》』という自作詠唱で防壁《ぼうへき》を張《は》るので、それをどうにかして破《やぶ》って下さい」

何でもないことのようにトピーアが説明する。

組合員たちの間を、静かな動揺《どうよう》が駆《か》け抜《ぬ》けた。現役《げんえき》の王国詠唱士と相対するなど、まずない機会である。

「ちなみに、『汝の喚起《サンタメディナ》』は使いません。僕個人の魔力のみで、皆さんの詠唱を受けきって見せましょう」

「せ、先生？　本当に大丈夫《だいじょうぶ》なのですか」

ヴァングが心配そうに訊《たず》ねる。

彼がそういう反応《はんのう》を見せるのも、まあ無理のない話ではある。ここで万が一王国詠唱士が倒《たお》されてしまったりしたら、とんでもないことになる。

「ええ。これでも『アヴァンタジアの夜明け』に参加した身です。ある程度《ていど》場数は踏《ふ》んでいますよ」

堂々とした受け答えに、ヴァングは不承不承《ふしょうぶしょう》ながらも頷いた。

「さあ、それでは始めましょうか」

余裕《よゆう》たっぷりにそう言い放つと、トピーアは詠唱を始めた。

『その名はディサルヴォ幽玄《ゆうげん》の唄《うた》、その名はレヴァアサー雄厳《ゆうげん》の旗《はた》』

トピーアの杖《つえ》が、ゆるやかに発光を始めた。零《こぼ》れだした光の粒《つぶ》は、淡《あわ》く明滅《めいめつ》しながらトピーアの体を膜《まく》のように包み込み始める。おそらくは、クラウスがよく使う光龍防壁《ドラゴンウォール》と同《どう》系統《けいとう》の防性《ぼうせい》詠唱なのだろう。

『いかなる声も我《われ》を揺《ゆ》るがせること能《あた》わず。いかなる汚穢《おえ》も我を濁《にご》らせること能わず。防《ぼう》起呑嵩《きどんすう》、陽機尊崇《ようきそんすう》』

詠唱を組み上げきると、トピーアは自分の体に杖をもたせかけ両手を広げた。

「さあ、いつでもどうぞ」

すぐに詠唱を始める者はいなかった。お互いに、どうしようかと目を合わせるばかりである。

「遠慮《えんりょ》することはありません。力一杯《ちからいっぱい》かかってきて下さって構《かま》いませんよ」

トピーアが促《うなが》してくる。

『神の怒《いか》りを光と為《な》さん、魔魅《まみ》の左柄《さがら》を我《わ》が矢と為さん。通し砕《くだ》きて貫《つらぬ》き破《やぶ》れ。蜂矢《ほうし》残影《ざんえい》、劫翅《ごうし》反睨《はんげい》』

それに応じたか、一人の組合員が詠唱を開始した。攻性《こうせい》詠唱を本職《ほんしょく》としていると言っていた男である。

いくつもの矢が男の周囲に現《あらわ》れ、すかさず凄《すさ》まじい速度でもってトピーアを狙《ねら》い飛行する。『神の飛矢《フライングアロー》』と呼《よ》ばれるこの詠唱は、魔力を尖《とが》らせ相手に突《つ》き立てることにより痛《いた》めつける詠唱である。致死性《ちしせい》はないが、まともに命中すれば怪我《けが》は免《まぬが》れない。——だが。

「……そんな」

男が呆然《ぼうぜん》と呟《つぶや》いた。

光の矢が、まるでトピーアの体に吸《す》い込まれるかのように、その姿《すがた》を消してしまったのだ。

「僕の詠唱《えいしょう》ですが、それなりの強度はあるつもりです。ちょっとやそっとの力押しでは崩《くず》せませんよ」

トピーアが、得意げに言った。

「ならば、こうすれば……」

別の男が、詠唱を始める。

『全《すべ》ての終焉《しゅうえん》を我は見る、破滅《はめつ》を統《す》べて終演《しゅうえん》を観劇《かんげき》す。始点と終点はすなわち対《つい》なり、そして終《つい》ゆえに輝《かがや》かん。滅路本義《めつろほんぎ》、越魯遜偽《えつろそんぎ》』

男の杖《つえ》から、半透明《はんとうめい》の奔流《ほんりゅう》が噴出《ふんしゅつ》した。

奔流は男の前で一つの形を取る。牙《きば》を剝《む》いた犬の顔を持つ猛牛《もうぎゅう》である。

『滅びを告ぐ者《ドゥームセイヤー》』という名を持つこの詠唱は、破滅を予言する神ジェレムーの姿を模《も》した魔力の塊《かたまり》を操作《そうさ》してぶつけることにより、相手の防性《ぼうせい》詠唱を打ち消し無効化《むこうか》することを目的とした詠唱である。

犬面《いぬづら》の猛牛は、声のない咆吼《ほうこう》を轟《とどろ》かせると、トピーアに襲《おそ》いかかった。魔力と魔力が、正面から激突《げきとつ》する。

顔面から激突した猛牛は、その首から先を失っていた。しかし僅《わず》かにも臆《おく》することなく、更《さら》に前進を続ける。

やがて、その姿は完全に消えてしまった。しかし、トピーアの体を包む薄《うす》い膜《まく》には一分の傷《きず》もない。

『滅びを告ぐ者《ドゥームセイヤー》』を詠唱した男が、呆《ほう》けたように口を開く。まさか、こうも鮮《あざ》やかに防《ふせ》がれるとは思っていなかったのだろう。

「どうしました？　協力してこられてもいいのですよ」

トピーアが、軽く挑発《ちょうはつ》的なことを口にする。

それにつられたかのように、更に数人の組合員たちが詠唱する。それぞれに種類方向性の違《ちが》う詠唱だったが、いずれもトピーアの防御《ぼうぎょ》を崩すには至《いた》らなかった。

その中には、エルリーもいた。相変わらず、無難《ぶなん》な攻性詠唱で済《す》ませている。

「まとめて打ち込《こ》むしかないな」

一人の組合員が、そんなことを言った。

確《たし》かに、一斉攻撃《いっせいこうげき》が単純《たんじゅん》だが一番効果《こうか》的な方法だ。しかし、クラウスにはそれでもトピーアの防御を崩すことはできないのではないかという予感があった。

トピーアの詠唱の『堅《かた》さ』は、正攻法では破れない気がするのだ。時には魔獣《まじゅう》と正面切って戦うこともある王国詠唱士なのだから、数人かそこらの詠唱をまとめた程度《ていど》では敵《かな》わないに決まっている。

そもそも、「全員でかかってきていい」と宣言《せんげん》した時点で、こういう風な手段《しゅだん》を取られることは予測済《よそくず》みなはずである。それでも全員での攻撃を許可《きょか》したということは、きっと対策《たいさく》なりなんなりがあるということだ。

「ほほう、一斉攻撃ですか」

やはり、トピーアに動揺《どうよう》した素振《そぶ》りは見られない。

しかし、クラウス以外の人間はそこまで思い当たっていないらしい。誰《だれ》も彼もが躍起《やっき》になってしまっている。

「あの、思うのですが……」

クラウスは、意見してみることにした。

しかし、誰も反応《はんのう》してくれない。

「あの」

聞き取れなかったのかと思い、再度《さいど》声を大きくして呼びかけてみる。すると、

「なんだ、後にしてくれないか」

「今忙《いそが》しいの」

返ってきたのは、うっとうしそうな言葉だった。

クラウスは黙《だま》り込む。ひどい対応《たいおう》だとむっとしたが、考えてみれば無理もないことかもしれない。

クラウスの詠唱《えいしょう》が、駄目《だめ》すぎたこと。それが原因《げんいん》だろう。実力のない人間の話など、聞くに値《あたい》しない——そういうことに違いない。

クラウスを放置し、詠唱士たちは一斉攻撃の割《わ》り振りを決めていく。

『群雲焦《こ》がす怒《いか》りの焔《ほのお》、滅《ほろ》びにまろぶ愚《おろ》かなものに、等しく裁《さば》きとその断罪《だんざい》を！　紅炎激《こうえんげき》迫《はく》、猛厳易爆《もうげんえきばく》！』

『空を切り抜《ぬ》く不退《ふたい》の翼《つばさ》、洞《ほら》を刳《く》り貫《ぬ》く霧《む》灰《かい》の嘴《くちばし》。その威《い》その覇《は》気《き》その義《ぎ》を称《たた》え、ロートは汝《なんじ》を神鷹《しんよう》と名付く。神鷹従翔《じゅしょう》、針陽授掌《しんようじゅしょう》』

男とエルリーは、互《たが》いに少し距離《きより》を取った位置へと移動《いどう》してから、詠唱を始めた。

同時に、男の杖《つえ》から燃《も》え盛《さか》る炎《ほのお》が、エルリーの手から鈍《にぶ》く輝《かがや》く鷹《たか》が、それぞれ迸《ほとばし》り始める。

他の詠唱士たちが、次々に二人の詠唱に助性《じょせい》詠唱を加えていく。

二人は鍵言《けんげん》を加え、詠唱を完成させた。

そんな一連の流れを、クラウスは一歩引いた位置から見ていた。いらぬ手出しをしても、邪魔《じゃま》者《もの》扱いされるのが関の山である。

炎と鷹は、絡《から》み合うようにしてトピーアに襲《おそ》いかかる。

激突の瞬間《しゅんかん》に目をこらす。何か仕《し》掛《か》けがあるはずだ。参加できないなら、せめてそれを見抜くことで、自分の糧《かて》にしたい。

トピーアは、動揺した様子も見せず、杖を動かすことさえしなかった。ただ僅《わず》かに一歩後ろに下がっただけで、増強《ぞうきょう》された二つの攻性詠唱を受けきってしまう。

「何度でもどうぞ」

トピーアの言葉には、余裕《よゆう》が溢《あふ》れている。

その姿《すがた》を、クラウスは凝視《ぎょうし》した。どうしても、力ずくで詠唱を押《お》さえ込んだという風には思えないのだ。

強化された二人分の詠唱は、かなりの破壊力《はかいりょく》があったはずである。それをまともに受け止めるとなると、ある程度の出力を持った防壁《ぼうへき》が必要になる。

しかし、トピーアの体を包んでいるそれは、見るからに薄い。ふとしたことで壊《こわ》れそうな脆《もろ》さである。

再《ふた》び、二つの詠唱がトピーアに牙《きば》を剥《む》く。

トピーアは、やはり数歩移動しただけで受け止めてしまった。

――そうか。そういうことか。

クラウスの頭で、ランプが明滅《めいめつ》した。

『固き壁《かべ》にも瑕瑾《かきん》あり、暗き闇《やみ》にも火錦《かきん》あり！』

すかさず詠唱する。予測が確《たし》かなら、急がないと防《ふせ》がれてしまう。

トピーアの表情《ひょうじょう》に、一瞬だけ驚愕《きょうがく》の影《かげ》がよぎった。クラウスは自分の正解《せいかい》を確信《かくしん》する。

『言の葉に宿るその御魂《みたま》、殊《こと》の破《は》としていざ打ち砕《くだ》かん！　破言蒙等《はごんもうとう》、些言防孔《さごんぼうこう》！』

トピーアが早口で詠唱してくる。初めて、僅《わず》かながら杖が動く。

杖はクラウスの方向に固定され、次の瞬間鈍《にぶ》い棒状《ぼうじょう》の光がクラウスの顔面に激突《げきとつ》した。

「っ……？」

途端《とたん》、クラウスの口が痺《しび》れるような感覚に囚《とら》われる。

詠唱を続けられない。言葉の発し方を、突然忘《とつぜんわす》れてしまったのだ。

——しまった。

唇《くちびる》を噛《か》む。トピーアがクラウスに発動させてきたのは、『言の消犯《ロスファーワーズ》』だ。

言葉を紡《つむ》ぐことで詠唱を生み出す詠唱士にとって致命《ちめい》的である、「言葉が発せない」という状態《じょうたい》を作り出す詠唱である。魔力の方向性が直線的なので、かわす方法はいくらでもあるのだが、すっかりまともに食《く》らってしまった。

「なにをやってるんだ……不意打ちしようとして返り討《う》ちにあうなんて……」

呆《あき》れたような声が聞こえてきた。

違《ちが》う、そうではない。必死で否定《ひてい》しようとするクラウスだが、言葉が出ないのではどうしようもない。

クラウスの失敗を合図にしたかのように、攻撃《こうげき》が収《おさ》まった。組合員たちの顔からは、いずれも闘志《とうし》が失われている。

「ふむ。そろそろおしまいですか？」

一つ頷《うなず》くと、トピーアは詠唱を解除した。

「皆《みな》さんそれぞれ腕《うで》は確《たし》かですが、もう少し発想の転換《てんかん》が必要ですね。見抜いていたのは――」

一旦《いったん》言葉を切ると、トピーアはクラウスの方を向いてきた。

「そちらのクラウスさんだけみたいですね。種明かしされると困《こま》るので『言の消犯《ロスファーワーズ》』は講《こう》義《ぎ》が終わるまで解除《かいじょ》してあげません」

教室に、静かな動揺《どうよう》が走った。

結局、講義の終了《しゅうりょう》はすぐだった。受付から人が時間を知らせに来たのだ。

「それでは、今日の『助性《じょせい》詠唱概説《がいせつ》第二』はここまでで終了します。先生、最後に何かありますか？」

ヴァングが、トピーアに訊《たず》ねる。

「そうですね……」

少し考えてから、トピーアはゆっくりと口を開いた。

「僕《ぼく》は、王国詠唱士であることを誇《ほこ》りに思っています。まだまだ未熟者《みじゅくもの》ですが、王国詠唱士の名に恥《は》じない存在《そんざい》になろうと日々努力しています。もっともっと自分を磨《みが》きたいですし、きっとできると思っています。何が言いたいかというと、王国詠唱士になったらそれで終わりってわけじゃなくて、そこから先もずっと大変だよってことです。皆さん、頑張《がんば》って下さい。……あぁ、なんだか上手《うま》く言えないなあ」

一気に喋《しゃべ》ってから、トピーアは舌《した》を出した。

「いやいや、ご立派《りっぱ》だと思いますよ。初心を忘《わす》れずにいらっしゃるのは、とても立派だと思います」

ヴァングが、トピーアを誉《ほ》める。

「ふふ、ありがとうございます」

照れくさそうに微笑《ほほえ》むトピーア。

「さて、それでは皆様お疲《つか》れ様でした。詠唱士の方の意向もあって、かなり変則《へんそく》的な内容《ないよう》になりましたが、結果としては上手くいったと思います。今日の講義で得たことを、今後に活《い》かして下さいね」

そう言い残すと、ヴァングは教室から出て行った。

ぞろぞろと、他の組合員たちも扉《とびら》へ向かう。

その中に、エルリーもいた。呼《よ》び止めようとしたが、なにしろ声が出ない。

エルリーは、まるで存在に気づいていないかのような鮮《あざ》やかさでクラウスを無視《むし》すると、さっさと行ってしまった。まだ、喧嘩《けんか》したことで腹《はら》を立てているのだろうか。

「あ、そうだ。クラウスさん、『言の消犯《ロスファーワーズ》』を解除しておきますね」

トピーアがとことこと駆《か》け寄《よ》ってきて、クラウスの口元を杖《つえ》でちょんとつついた。

「……む、喋れる？」

ようやく声が出せるようになったらしい。失ってみて初めてわかったが、喋ることができないというのは大変不便である。当たり前のことだが、実はとても幸せなことだったのだ。普通《ふつう》であることの素晴《すば》らしさをしみじみと感じるクラウスであった。

「ごめんなさいねー。まさか見破《みやぶ》られるとは思ってなくて、つい本気になってしまいました」

トピーアが舌を出す。なんとも子供《こども》らしい仕草である。

「いや、そのことは別にいいんですけど……」

喋ることができずずっと溜《た》め込《こ》んでいた疑問《ぎもん》を、クラウスはぶつけることにした。

「トピーアさん、やっぱり『魔力漸減《サプレッサー》』と『魔力漸増《ブースター》』を使って一点に魔力を集中させてたんですか？」

トピーアは、にやりと笑った。

「ご明察です。正直なところ、見破られるとは思ってませんでした」

やはりそうか。クラウスの胸《むね》を、安堵《あんど》にも似《に》た感覚が通り抜《ぬ》ける。やはり、自分は間違《まちが》ってなかったのだ。

「どこで気づきましたか？」

トピーアが、首を傾《かし》げて訊ねてくる。

「詠唱《えいしょう》を受けるときに、トピーアさん動いてらっしゃったでしょ？　それを見て閃《ひらめ》いたんです」

トピーアは、詠唱を受けるとき、常《つね》に自分の前面で受け止めるようにしていた。動きが大変小さかったので、クラウス以外の誰《だれ》一人として気づいていなかったのだが。

「うーん……ばれないようにやったつもりだったんですが。よく気づかれましたね」

残念そうな苦笑《くしょう》。なんとなく、今のトピーアはいたずらがばれた悪ガキのようにクラウスには見える。

「『魔力漸減《サブレッツサー》』とかっていうのは、普通二つの詠唱を同時発動させているときの魔力の配分を割《わ》り振《ふ》るのが一般《いっぱん》的な使い方じゃないですか。だから、半信半疑《はんぎ》だったんですけど……」

クラウスの言葉に、トピーアはそうでしょうねと頷《うなず》く。

「一つの詠唱で魔力を移動《いどう》させるのは、普通ではないことです。元々どちらの手法も同時発動を前提《ぜんてい》として作られたものですからね」

詠唱教室でのことを思い出す。ターヤに『魔力漸減《サブレッツサー》』などの説明をしたときも、クラウスはごく自然に二つの詠唱を同時に発動させていた。

「『護りの皮膜《シュラウド》』が自作詠唱だったのも大きかったかな。きっと、よほど高い能力《のうりょく》を持った詠唱なんだーなんて思っちゃって、他の可能性《かのうせい》が考えられなくなっちゃったのかも。本当は、上限《じょうげん》出力だけで言うと光龍防壁《ドラゴンウォール》と一緒《いっしょ》かそれより低いくらいなんですけどね」

クラウスは驚《おど》いた。王国詠唱士の使う自作詠唱とくれば、強力だと考えるのが普通である。それが、クラウスでも使えるような詠唱とそれほど変わりがないとは、にわかには信じ難《がた》い。

「……ああ、そうだ」

突然《とつぜん》、何かを思い出したかのようにトピーアが手を打った。

「クラウスさん、こういう場で手を抜くのは感心できません」

そして、きっと睨《にら》みつけてくる。

「クラウスさんが本気を出せば、僕なんて目じゃないじゃないですか」

「へ？」

「あの時の詠唱、あんな掟破《おきてやぶ》りな詠唱を使っておいて、とぼけないで下さい」

どうしたことか、トピーアは怒《おこ》っているらしい。

「なんのことだか……」

あの時の詠唱と言われても、さっぱり思い当たる節がない。

「もう、とことんしらばっくれるつもりなんですか」

トピーアが、指をクラウスに突《つ》きつけてきた。

「ヤルヴァの森であなたが使った限定型地帯制圧詠唱《マスターマインド》のことです！　月を触媒《しょくばい》にしてましたよね！　ちゃんと覚えてるんですから！」

「な、なんでそれを」

クラウスの脳裏《のうり》に、一つの光景が鮮烈《せんれつ》に蘇《よみがえ》る。

立ち上る光の柱。その中に囚《とら》われた少女。高笑いを響《ひび》かせる一流詠唱士。それら全《すべ》てを見守る白い月――

「やっぱり、やってきてすぐにやられちゃった人のことなんて覚えてないんですね。まさかいきなり『禍蛇の葬送《スネイクバイト》』でくるなんて思ってなかったなんて言ったら、言い訳《わけ》がましすぎるけど」

ようやく、クラウスは思い当たった。

「あの時の、王国詠唱士の人だったんですか」

「……覚えられてはないだろうなー、とは思ってましたけど。ここまで完璧《かんぺき》に忘《わす》れられてると、涙《なみだ》も出ないや」

哀《かな》しそうにトピーアが溜息《ためいき》をつく。

「あ、別に、そういうわけでは……」

「嘘《うそ》です。今さら誤魔化《ごまか》そうとしないで下さい」

クラウスの言い訳は、ぴしゃりと却下《きゃっか》された。

「そりゃあ、挨拶《あいさつ》したわけでも自己紹介《じこしょうかい》したわけでもないけど」

トピーアが、がっくりと肩《かた》を落とす。

「一方的に憧《あこが》れてただけだってのは、やっぱり寂《さび》しいなあ」

「憧れる……？」

予想だにしない単語に当惑《とうわく》するクラウスに、トピーアはむすっとしたまま頷いた。

第四章　八つ裂《ざ》きオーウェンス　The Ripper

いつものごとく、日が暮《く》れると『ハンネマン』はがやがやとした喧騒《けんそう》が充満《じゅうまん》する。

その熱気の片隅《かたすみ》に、クラウスとトピーアはいた。二人の前には、残り僅《わず》かになったエルガが並《なら》んでいる。

「こういうお店入るの初めてなんですけど、楽しいですね」

トピーアが、そう言って笑った。

「同僚《どうりょう》さんと来たりしないんですか？　仕事の打ち上げとか」

講義《こうぎ》が終わった後、クラウスは何か食べようと『ハンネマン』へと向かったのだが、なぜかトピーアがついてきてしまった。なので、こうしてエルガ片手に雑談《ざつだん》しているというわけである。

彼が言うには、本来なら色々と仕事があるのだが、たまには息抜《いきぬ》きをしたいということなのだそうだ。

「ないですねー。みんな僕が子供《こども》だって言って、お酒が出るところには連れて行ってくれないんです。王国詠唱士《えいしょうし》になって三年になりますけど、打ち上げの時はいっつも『キャンディス』みたいな料理店なんですよ」

「ふむ。なるほど。……トピーアさん、いくつなんですか？」

「十五歳《さい》です」

やはりというべきか、大変若《わか》い。

「……って、ちょっと待てよ」

クラウスは震撼《しんかん》すべき事実に気づいた。ついさっきトピーアは詠唱士になって三年経《た》つとか言っていたはずだ。と、いうことは。

「それだと試験通ったのが十二歳の時のことじゃないですか！　それって……」

「はい、一応《いちおう》最年少記録ってことになってます。そうたいしたことじゃないですけどね」

トピーアが謙遜《けんそん》する。

「いやいやいや、とんでもないことじゃないですか」

長らく、最年少記録を保持《ほじ》していたのは、現在《げんざい》最上級階層《かいそう》として活躍《かつやく》している『隻腕《せきわん》の防壁《ぼうへき》』レパード・アレンだった。十六歳というその記録を打ち破《やぶ》ったのが、クラウスの兄で、当時十五歳だったミヒャエル・マイネベルグである。

その記録が塗《ぬ》り替《か》えられたのが、三年前。弱冠《じゃっかん》十二歳という若さで一人の少女が王国詠唱士の肩書《かたが》きを手にすることに成功したのだ。兄の記録が塗り替えられたことはもちろん、うだつの上がらない自分とのあまりの差に強く打ちのめされたので、よく覚えている。

「……あれ？」

ひとしきりびっくりしてから、おかしなことに思い当たる。クラウスの記憶《きおく》が確《たし》かなら、十二歳で試験に通ったのは「少女」だったはずだ。

「どうしたんですか？」

トピーアが、怪訝《けげん》そうに首を傾《かし》げる。

その素振《そぶ》り、顔つき、どれをとってもクラウスにはトピーアが少年であるようにしか見えない。

「あの、聞きにくいことなんですけど……」

ためらいながら訊《たず》ねようとする。と、それだけでトピーアはわかってしまったらしい。

「……やっぱり僕《ぼく》って。あーあ」

上目遣《うわめづか》い、不機嫌《ふきげん》そうな視線《しせん》。

「クラウスさん、僕一応女の子なんですけど」

「うー、あー、えっと……」

嫌《いや》な汗《あせ》が吹《ふ》き出してくる。気まずい、気まずすぎる。

「いいんですいいんです。みんなみんな間違《まちが》えるし。全然気にしてませんよーだ」

拗《す》ねていることが丸分かりである。クラウスは弱りきってしまった。

「その、うーん……」

困《こま》っていると、トピーアが笑い出した。

「冗談《じようだん》ですよ、冗談。クラウスさんはいい人ですね」

からかわれたらしい。こんな子供にしてやられるとは、我《われ》ながら情《なさ》けない。

「ところでクラウスさん、その杖《つえ》見せて頂《いただ》けますか」

テーブルに立てかけてあったクラウスの杖を見ながら、トピーアが言った。

「ああ、別にいいけど」

杖を渡《わた》すと、トピーアは目を輝《かがや》かせた。向きを変えたり、角度を変えたりして、ためつすがめつ眺《なが》めている。

「ファトラ・ヒューズですね。業物《わざもの》だなあ」

うっとりしたように溜息《ためいき》をつくトピーア。

「まあ、譲《ゆず》ってもらったものなんですけどね」

「ヒューズを譲って下さったのですか！　どなたか知りませんが、気前がいいんですね」

目を丸くするトピーアに、クラウスは曖昧《あいまい》な笑顔《えがお》を浮《う》かべて見せた。

「何というか、いわゆる形見みたいな感じで」

クラウスの使っている杖は、龍《りゅう》の討伐《とうばつ》に従軍《じゅうぐん》した際《さい》に受けた傷《きず》がもとでこの世を去った兄から、死の床《とこ》で譲り受けたものである。

「あ、そう、なんですか……」

しまったというような顔つきで、トピーアがうつむく。

「ごめんなさい、お返しします」

なんだか可哀想《かわいそう》になってきた。彼女が気まずい思いをするのは分からないでもないが、そう自分を責《せ》めることもない。

「トピーアさんの杖は、やっぱり銘《めい》があるんですか？」

杖を受け取りながら、クラウスはそんなことを言ってみた。

クラウスにしてみれば、杖が好きそうだし軽く空気を変えることができれば——くらいのつもりだった。

「僕のはワーウィックなんです。ハロルド・ワーウィック」

しかし、その効果《こうか》はクラウスの意図《いと》を遥《はる》かに凌駕《りょうが》していた。

「ワーウィック自体は別に助性《じょせい》詠唱に特化しているわけじゃないけど、調整次第《しだい》では十二分に力を引き出せるんですよ」

自分の杖を抱《かか》えながら、トピーアが凄《すさ》まじい勢《いきお》いでしゃべり出す。

「非接続型《スルーネック》だから、高出力の詠唱も違和《いわ》感なくこなせますし、魔力《まりよく》が杖の内部で共鳴することも随分《ずいぶん》と減《へ》ります。見た目より重いのが玉に瑕《きず》なんですけど、先端《せんたん》部分の装飾《そうしょく》がかっこいいんでそこは相殺《そうさい》かな」

クラウスは確信《かくしん》する。この少女、杖が好きなどという次元を越《こ》えている。完全な、杖おたくである。

「内蔵式《アクティブ》と外部依存式《パッシブ》の切り替《か》えも簡単《かんたん》で、個人《こじん》的には助性詠唱専門《せんもん》のスペクター辺りにもひけをとらないと思っています」

すっかり窮《きゅう》してしまった。クラウスが興味《きょうみ》を示《しめ》すような素振りを見せたので、火がついてしまったのだろう。

「お話が盛《も》り上がってるところ悪いんだけどー」

突如《とつじょ》、別の声がトピーアの言葉に割《わ》り込《こ》んできた。腰《こし》を折られたトピーアが、不満げに杖をテーブルに立てかけ直す。トピーアには悪いが、助かったと思う。

「あんたたち、長居《ながい》するならちょっとくらい追加注文しなさいよね。エルガ一杯《ぱい》でずっと粘《ねば》ろうなんて、お姉ちゃんが許《ゆる》してもあたしが許さないんだから」

イルミラだった。トレイを小脇《こわき》に挟《はさ》み、腕《うで》を組んでいる。

「そうだな、じゃあ俺《おれ》はもう一杯エルガをもらうよ。ちょっと熱めでね。トピーアさんはどうしますか？」

「僕も同じので。……あと、クラウスさん」

「なんですか？」

トピーアが、ちらちらとあちこちに視線《しせん》を泳がせながら、普段《ふだん》より妙《みょう》に小さい声で話しかけてきた。

「……言葉遣《ことばづか》い、そんなに丁寧《ていねい》にしなくていいです。僕、年下なんだし、組合の外じゃ講《こう》師《し》も何もないじゃないですか」

「は、はあ」

「あと、僕のこと、トピィって呼《よ》んでもらえますか？……周りの人は、そう呼んでくれるので」

「ええ、わかりましたトピーアさん」

「…………」

「……うん、わかったよトピィ」

面食《めんく》らってしまう。いきなり、何があったというのか。

「エルガ二つね」

イルミラが、注文表をテーブルの上に置く。

「そっちの男の子、誰《だれ》？　見ない顔だけど？」

イルミラもやはり気づかなかったらしい。まあ、無理もない話だ。ルドルフでも見分けられるかどうか怪《あや》しいくらいである。

「僕、女の子なんですけど」

不快《ふかい》も露《あら》わにトピーアが否定《ひてい》する。

「え、そうなの？　ごめんごめん」

特に慌《あわ》てた様子もなく、イルミラが謝《あやま》る。と、次の瞬間《しゅんかん》その表情《ひょうじょう》が悪鬼《あっき》のように変化し、

「じゃあ何？　クラウスあんた女の子とエルが片手《かたて》に長時間にわたって談笑《だんしょう》してたってわけ？」

どうしてこういう風になるのだろう。クラウスは真剣《しんけん》に悩《なや》む。

「僕がお願いして、勝手についてきただけです。ちょっと、クラウスさんに憧《あこが》れててて……」

「憧れてる。ふーん。へー」

一度こうなってしまったイルミラを説得する手段は皆無《かいむ》に等しい。一体どうして怒《いか》り出すのかその仕組みは未《いま》だ謎《なぞ》だが、何を言っても逆効果《ぎゃくこうか》だということだけは理解《りかい》しているク

ラウスである。

「……何よ、好きにすればいいじゃない。知らないんだから」

一応理性《いちおうりせい》が勝利したか、限《かぎ》りなく捨《す》て台詞《ぜりふ》に近い言葉を残しつつイルミラは部屋の奥《おく》へと去っていった。

「クラウスさん」

クラウスがほっとしながらイルミラの背中《せなか》を眺《なが》めていると、トピーアが話しかけてきた。

「あのウェイトレスと、どういう関係なんですか？」

「あの人、ってイルミラのこと？」

「確《たし》かヤルヴァの森にもいましたよねあの人。仲良かったり、するんですか？」

なぜか不安そうに、トピーアが見上げてくる。指先で、首からかけた『愚者の鎖《バスタードチェイン》』をごそごそといじっている。

「え？　いや、どうだろう。仲がいいといえばいい、よくないこともあったりなかったり」

「付き合ってたり、するんですか？」

「へ!?」

なぜ、今のやりとりからそんな風に話を飛躍《ひやく》させることができるのか。

「そ、そりゃそうに決まってる。当たり前じゃないか、何をいきなり」

「違《ちが》うんですね」

「なるほど」

トピーアは、安心したように頷《うなず》いた。

「それなら、僕にもまだ頑張《がんば》りどころがあるのかな」

「頑張る？　何を？」

「何をって――」

トピーアが何か言いかけたが、その言葉は凄《すさ》まじい轟音《ごうおん》にかき消された。

「な、なんだなんだ」

クラウスはたまげた。それまで各々《おのおの》酒と会話に興《きょう》じていた他の客たちも、何事かとクラウスたちの方を向いている。

轟音の発生源《はっせいげん》は、クラウスたちのテーブルだった。

「お待たせしました。エルガ二人前です」

イルミラが、クラウスの前にコップを置いている。どうしてコップを置くだけであんな桁外《けたはず》れの音がするのだろうか。

続けて、トレイに載《の》せたもう一つのコップをトピーアの前に置いた。こちらは普通である。

無言で、イルミラとトピーアが視線《しせん》を交《か》わした。どちらの視線も、挑戦的《ちょうせんてき》で攻撃的《こうげきてき》だ。しばしの間静寂《せいじゃく》が流れた。『ハンネマン』にいる人間のおそらく全《すべ》てが、ただの一言も発していない。

どれくらいの時間が経《た》っただろうか。二人はどちらからともなく視線を外した。

イルミラがテーブルから離《はな》れていく。

よく分からないが、深刻《しんこく》な事態《じたい》に発展《はってん》することは避《さ》けられたらしい。クラウスは冷や汗《あせ》を拭《ぬぐ》った。他の客たちも同じ感想を持ったようで、徐々《じょじょ》に会話が店内へと戻《もど》ってくる。

「は、ははは。イルミラも、怒《おこ》りっぽいけど話してみれば意外といい奴《やつ》かもしれないよ?」

自分でもよく分からないことを言いながら、クラウスは湯気をもうもうと立てるコップに手を伸《の》ばし、

「ぐわあ!?」

すかさず手を引っ込めた。

指がじんじんする。ひたすらに痛《いた》い。少し膨《ふく》れ始めているところからみて、火傷《やけど》したのだろう。

コップを覗《のぞ》き込むと、中身がぼこぼこと音を立てて沸騰《ふっとう》していた。熱いのがうまいとされるエルガだが、ここまで加熱してしまっては話にならない。

クラウスは飲むのを諦《あきら》めた。まあ、待っていればそのうち冷《さ》めるだろう。

「エルリーちゃん、こっちの注文もとってくれよぅ」

「俺も俺もー」

「少し待たれい。そう一度に話しかけられても困《こま》るというものだ」

腕《うで》を組んで熱湯を眺めていると、そんなやりとりが耳に入ってきた。

首を捻《ね》じ曲げる。

すると、エルリーが忙《いそが》しく注文を取って回っているのが見えた。

「セイム鳥の煮《に》つけと、マルムス丼《どん》であるな。マルムス丼は大盛《おおも》りでよいのか？」

「うんうん。あ、そうだ。エルガは熱めでねー」

「うむ。ではしばし待っておれ」

その姿《すがた》は、控《ひか》えめに言っても、素敵《すてき》だった。恥《は》ずかしい表現《ひょうげん》を使えば――見とれてしまった。

初めて会ったときのエルリーは、浮世《うきよ》離れしていた。どこかが完全に乖離《かいり》していた。違《ちが》う世界にいた、と言っていい。

しかし、今はただ単にずれているだけである。あくまで現代の範疇《はんちゅう》に収《おさ》まった上で、変わっているにすぎない。

そのずれが、クラウスにはひどく魅力的《みりょくてき》に映《うつ》った。

そして同時に、そんなエルリーといつの間にか険悪《けんあく》になってしまっていることに、言いようのない寂《さび》しさをおぼえてしまう。

注文をとったエルリーは、店の奥《おく》へと軽《かろ》やかな足取りで消えていった。その姿を、クラウスは首を動かし体をひねり追いかける。

「あのウェイトレスさんは、確《たし》かヤルヴァの森で任意起動型閉鎖結界《デイサモニア・マンディ》に封《ふう》じられていた人ですよね」

「あ――うん、そうだね」

慌《あわ》ててトピーアの方を振《ふ》り向く。そんな必要はどこにもないはずなのに、心臓《しんぞう》がばくばくと激《はげ》しく拍動《はくどう》している。

「クラウスさんは、あの人を助けようとして開放型地帯制圧詠唱《マスターマインド》を発動させたんですね。強烈《きょうれつ》な詠唱残留《アフターショック》をもいとわず」

「そう、なるのかな」

実のところは、あれは詠唱残留《アフターショック》ではなく魔力《まりょく》を使い果たして一時的に『魔力減少《ジェイデッド》』に近

い状態《じょうたい》にあっただけなのだが、まあ大筋《おおすじ》では変わりはない。

「そういう、ことなんですね」

トピーアは、ひどく哀《かな》しそうな顔をした。

混乱《こんらん》させられる。十五歳《さい》という年齢《ねんれい》からは考えられないほどに、トピーアの表情《ひょうじょう》は大人びている。

「えと、そういえばさ」

クラウスは、何を話すのかも決めずに口を開いた。

「仕事は、今どんな感じ？　忙しい？」

上手《うま》い具合に、言葉が続いてくれる。

「ええ、ちょっと大変な事件《じけん》が起こってて」

トピーアは、もう元の少年のような少女に戻っていた。

「大変な事件？」

「はい。八つ裂《ざ》きオーウェンス、って知ってますか？」

「それは——」

誰《だれ》かが言っていた。百年以上前の殺人鬼《さつじんき》が現代に甦《よみがえ》り、再《ふた》び凶行《きょうこう》に及《およ》んでいると。

「やっぱり、ある程度《ていど》はご存《ぞん》じみたいですね」

少し待て。クラウスの内心に、恐怖《きょうふ》にも似《に》た感情が巻《ま》き起こる。

この話し方。この話し方では、まるで――

「あまり大きな声では言えませんが、八つ裂きオーウェンスを彷彿《ほうふつ》とさせる手法で傷害《しょうがい》事件が立て続けに起こっています」

ギルビーが言っていたことは、間違っていなかったというのか。

「可能性《かのうせい》としては――あくまで可能性ですが、八つ裂きオーウェンスの復活《ふっかつ》という事態も、考えられなくはありません」

「そんな、そんなことって――」

八つ裂きオーウェンスは、王国暦《おうこくれき》七百二十一年に当時の王国警察《けいさつ》により逮捕《たいほ》され、異例《いれい》の早さでもって死刑判決《しけいはんけつ》を下され、その通り名さながらに八つ裂きにされた。コティペルト王国の歴史でも珍《めずら》しい公開処刑《しょけい》だったため、目撃《もくげき》者は多い。生きているという可能性は、万に一つもありえない。

「ええ、確かに八つ裂きオーウェンス――本名ティムル・オーウェンスは百年以上前にこの世を去っています」

クラウスの内心を読んだかのように、トピーアが言う。

「しかし、たとえ死んでいたとしても、甦る方法は存在《そんざい》するんですよね」

「待って、待ってくれ」

手を振《ふ》って、クラウスは話を中断《ちゅうだん》させた。まずいことに気づいたのだ。

「どうしたんですか?」

「その、いいのかい? 俺みたいな民間人に詳《くわ》しく話しちゃって。トピーア……いや、トピィの立場がまずくなるというか」

クラウスの言葉に、トピーアは苦笑《くしょう》した。

「まあ、確かにそうなんですけどね。でも、クラウスさんなら別に話しても大丈夫《だいじょうぶ》かな、なんて思って」

信頼《しんらい》されているのだろうか。嬉《うれ》しいことは嬉しいが、なんとも言えない居心地《いごこち》の悪さも同時に感じる。

「実を言うとですね、捜査《そうさ》がちょっと暗礁《あんしょう》に乗り上げ気味なんです。警察の方たちも頑張《がんば》って下さってるみたいなんですが、どうにも結果が上げられなくて」

そういえば、毎日のように『ハンネマン』にやってくるルドルフの姿《すがた》を今日に限《かぎ》って見かけない。この前出くわしたときも、考えてみれば忙《いそが》しそうだったと言えないこともない。

「ヤルヴァの森で活躍《かつやく》したクラウスさんなら、何か指標になりそうなことが引き出せるかな、なんて思いまして」

また過剰《かじょう》に評価《ひょうか》されている。ここまでくると、何か作為《さくい》的なものさえ感じてしまう。

「クラウスさんが嫌《いや》だと言われるなら、もう話をやめますが……」

どうしようか。正直なところ、聞いてしまっても何がどうなるわけでもなさそうである。

「ううん。聞かせて」

しかし、クラウスはそう答えた。やはり、気になる。

「なら、話を続けますね」

トピーアは、いつの間にかまた別人になっていた。幼《おさな》さを残した中性的な少女は、冷徹《れいてつ》極《きわ》まりない王国詠唱士《えいしょうし》に変貌《へんぼう》している。

「一つ目の可能性としては、幽霊《ゆうれい》として甦ること。

この場合被害者《ひがいしゃ》の傷口《きずぐち》に特殊《とくしゅ》な波長の魔力《まりょく》が残るのですぐわかります。しかし、今回の事件の被害者の傷口はいずれも普通《ふつう》の刺傷《ししょう》や創傷《そうしょう》でした。幽霊だという確率《かくりつ》はないに等しいです」

喋《しゃべ》るときの癖《くせ》だろうか、トピーアは指でテーブルをとんとんと叩《たた》いている。

「クラウスさんは、『殯の魔霧《フューネラルフォッグ》』という詠唱をご存じですか？　『清毒の調べ《ヴェノム》』の変形というか亜種《あしゅ》なのですが。その名の通り、発動時に副作用として魔力が霧状《きりじょう》に散布《さんぷ》されるという特徴《とくちょう》がある詠唱です」

確《たし》か、失われた生物を一時的に実物に近い形で甦らせるという掟破《おきてやぶ》りの詠唱だったはずだ。構築《こうちく》の元になるのは魔力であり、実物に大変近い形で再現《さいげん》できるらしい。理論上《りろんじょう》は可能だが、実際《じっさい》に発動させることは限りなく不可能に近いと、何かで読んだことがある。

「そうですね。間違いはありません」

クラウスの説明に、トピーアは頷《うなず》いた。

「発動の条件《じょうけん》として、狭範囲《きょうはんい》の閉鎖型結界《ハーレムスキャーレム》と再構築する対象の魔力を多量に帯びた遺留物《いりゅうぶつ》が必要となります。その条件を満たしてなお、高度な詠唱構築能力とかなりの魔力、更《さら》に詠唱に対する使用者の適性《てきせい》が必要とされます。詠唱を作った張本人《ちょうほんにん》であるグリシュ・ニモス以外には発動させることができた人間さえいないとまで言われていますね」

高度な能力、高い魔力。そこまでなら、達成できる人間はいくらでもいる。しかし、適性ばかりはどうにもならない。相性《あいしょう》とか適性とかという不公平にして絶対《ぜったい》的な基準《きじゅん》は、今なお詠唱士たちの悩《なや》みの種だったりする。

「この『殯の魔霧《フューネラルフォッグ》』を使用すれば、八つ裂《ざ》きオーウェンスの復活《ふっかつ》は絵空事ではなくなります」

「それでも、やっぱり……」

ありえることではないような気がする。

「ええ、おっしゃりたいことは分かります」

トピーアが、またしても会話の先を取った。相手の言わんとすることが言葉になる前に分かってしまうらしい。頭の巡《めぐ》りがいい証拠《しょうこ》だ。

「狭範囲にせよ、結界を作動させる場合はその準備《じゅんび》が必要になります。地面に魔術《まじゅつ》文字を書くとか、あらかじめ魔力を仕込《しこ》んだ呪符《じゅふ》を仕掛けておくとか。人通りの多いクレメンテ通りに、誰《だれ》にも気づかれないようにそうすることができるかどうかは疑《うたが》わしいです」

それでもですね。言いながら、トピーアが懐《ふところ》に手をやる。

「これ、まだ試用中のものなんですけど」

小さな石のように見えるものを、トピーアは取り出した。

「『魔精石《グラインダー》』っていって、残留《ざんりゅう》している魔力を分析《ぶんせき》してその魔力の持ち主を調べる道具です」

「へえ、そんなものがあるのかい」

「先月の終わり頃《ごろ》、とある王国詠唱士の方が開発したんです。まだ少し問題はありますけど、十分実用に耐《た》える水準《すいじゅん》の出来ですね」

大した発明である。魔力の分析というと、これまで最上級階層《マジェスティ》くらいしか出来なかったことだ。

「そうだ、最上級階層《マジェスティ》の人たちはどうしてるの？」

ふと、そんなことに思い当たった。

王国詠唱士の中でもずば抜《ぬ》けた能力《のうりょく》を持ち、国王から特別に爵位《しゃくい》を下賜《かし》された一流の中の一流たち。彼ら彼女らがいれば、こんな事件《じけん》などすぐに解決《かいけつ》するのではないか。

「大半は王国のあちこちに派遣《はけん》されてます。今、確か国王陛下《へいか》がゾナータ地方だったかを巡幸《じゅんこう》してらっしゃるはずですから、その護衛《ごえい》にも何人かついて行ってるはずですし。残りの人は、休養中だったか音信不通だったかですね」

有能な人間は忙《いそが》しいということだろうか。そのわりには音信不通など謎《なぞ》な単語も聞き取れたのだが。

「あの人たちに頼《たよ》らなくても、解決できないといけないんです。今回の事件は、そのいい機会ですし。……僕《ぼく》たちは、おまけなんかじゃない」

トピーアの言葉に、クラウスは王国詠唱士内部の複雑《ふくざつ》な事情《じじょう》を垣間《かいま》見《み》た気がした。

「ええと、その『魔精石《グラインダー》』で何が分かったの？」

しかし、深く聞くことはしなかった。そうするべきではないように思えたからだ。

「ごめんなさい、話が逸《そ》れましたね。……この道具を使って分かったことは、事件現場にはいずれも特異《とくい》な波長の魔力が残っていたということです。一般《いっぱん》的な詠唱とは、明らかに異《こと》なっていました。もちろん幽霊《ゆうれい》のそれとは違《ちが》いますよ」

　普通《ふつう》ではない魔力が検出《けんしゅつ》されたからといって、直ちに『殯の魔霧《フユーネラルフオッグ》』と断定《だんてい》することはできない。しかし、推測《すいそく》は多少なりとも強化される——そんなところだろう。

「それ以上のことは、分からないんですけどね」

　残念そうに、トピーアが言う。

「違う観点から、調べてみたりは？」

　思いつくままに、そんなことを口にしてみた。具体的に、どういう考えがあるわけでもないが。

「さすがクラウスさん。視界《しかい》が広いですね」

　適当《てきとう》に言ったことを、トピーアは過大《かだい》に解釈《かいしゃく》したようだ。頭の良さが災《わざわ》いしている。

「実は、僕が今日組合にでかけたのもそれが目的だったんですよ」

「へえ」

　我《われ》ながら、間の抜《ぬ》けた相槌《あいづち》である。

「今回の事件、被害者《ひがいしゃ》はみんなあの組合の組合員なんです。組合側は、関与《かんよ》を強く否定《ひてい》していますが」

　ギルビーの話が思い出される。彼も、似《に》たようなことを言っていたはずだ。

「警察《けいさつ》の立ち入り捜査《そうさ》という方向でも考えられていたそうですが、無理にほじくり返そうとしては、かえって隠《かく》されてしまうかもしれない。万が一違っていると色々ややこしいですし。そこで、僕ら詠唱士《えいしょうし》が講義《こうぎ》という建前《たてまえ》で潜入《せんにゅう》捜査を行っています」

「なるほど。それで、何か収穫《しゅうかく》は？」

トピーアが微妙《びみょう》な表情になる。

「大してありませんでした。他の人たちも、特に手応《てごた》えはなかったそうです。……そうだなあ、強《し》いて言うなら」

トピーアが、再《ふたた》び懐《ふところ》に手を入れた。出てきたのは、以前クラウスが見たことのある組合のチラシだった。

「このチラシ、どう思いますか？」

唐突《とうとつ》な質問《しつもん》である。

「うーん……」

何の変哲《へんてつ》もない、ただのチラシに見える。

「何の変哲もない、ただのチラシに見えますよね。でも——」

言いながら、トピーアはチラシをテーブルに置き手をかざした。

『隠された欺瞞《ぎまん》を晒《さら》しあげん、失《な》くされた衣冠《いかん》を晴らしあげん』

短い詠唱。効果《こうか》の限定《げんてい》された、準助性《じゅんじょせい》詠唱である。クラウスが家にかけている簡易《かんい》結界も、同じ準助性詠唱だったりする。

トピーアの詠唱に呼応《こおう》するように、チラシに変化が現《あらわ》れた。

「これは……」

チラシに、蛍光色《けいこうしょく》でぼうっと陣形《じんけい》らしきものが浮《う》かび上がる。

「もしかして、『深水の操り糸《マインズサブコンシャス》』かな？」

「そうです。見る者の無意識《むいしき》に訴《うった》えかけて興味《きょうみ》を惹《ひ》きつける、小型の魔法陣《まほうじん》ですね」

そう言えば、エルリーがチラシを見ながら何か言っていたような気がする。このことに気づいていたのかもしれない。

「でも、こういうものを仕込むのって割合常套手段《わりあいじょうとうしゅだん》じゃないですか？」

特に、目くじらを立てるほどのことには思えない。多少ずるいようにも感じられるが、企業努力《きぎょうどりょく》というものの一環《いっかん》ではないだろうか。

「そうなんですけどね。なんかひっかかるんですよね」

トピーアが腕《うで》を組む。王国詠唱士の勘《かん》とでもいうようなものが、彼女の思考に干渉《かんしょう》しているらしい。

「なんて言うか、ただこれだけじゃなさそうっていうか……」

「お取り込み中、申し訳《わけ》ないんですが」

二人の会話が、柔《やわ》らかい女性の声に中断《ちゅうだん》させられた。

「あ、レシーナさん」

レシーナがテーブルの側《そば》に立っている。

「そろそろ、店を閉《し》める頃合《ころあ》いなんですよ」

はっとして周囲を見回してみる。沢山《たくさん》いた客は、いつの間にか一人もいなくなっていた。

どうやら、大分長いこと話し込んでいたらしい。

「ごめんなさい。なんだか楽しくて……」

申し訳なさそうに、トピーアが謝《あやま》る。と、その表情がみるみるうちに変化し、

「しまった、やっちゃった！　今日は次の詠唱学会についての打ち合わせがあるんだった
……どうしようどうしよう。場所は協会本部だし……」

冷静で論理《ろんり》的な王国詠唱士の姿《すがた》は、今や見る影《かげ》もなかった。

「あらあら」

レシーナが苦笑《くしょう》する。

「……うん、今からでも行くしかないな。クラウスさん今日は本当にありがとうございました！」

杖をひっつかむと、脱兎《だっと》のような勢《いきお》いでトピーアは店から飛び出していった。

「ふふ、面白《おもしろ》い女の子ね」

レシーナが笑う。

「あれ、レシーナさん分かったんですか？」

分かったんですかという言い方も失礼だが、本人がいるわけでもない。

「分かるわよ。鍵《かぎ》は、そうね……」

レシーナはまた笑った。今度の笑顔《えがお》には、なんとなく意味深な色合いがある。

「鍵は……？」

気になる。一体、どういう点からトピーアの正体を見抜《みぬ》いたのか。

「ふふ、やめておきましょうか」

ずっこけそうになった。思わせぶりな態度《たいど》を取っておいて、それはないのではないか。

「まあ、殿方《とのがた》には窺《うかが》い知れないことなのかしらね」

それだけ言って、レシーナはテーブルから離《はな》れた。

「なんなんだ……？」

テーブルの上に視線《しせん》を戻《もど》す。煮《に》え湯が注がれていたコップが目に入った。かなりの間話したのだし、もう冷めているだろう。

そう思い、クラウスはコップを手に取ろうとした。

「……あれ？」

コップが動かない。まるで、その場に貼《は》り付いているかのようだ。

しばらくコップと格闘《かくとう》してから、謎《なぞ》が解《と》けた。テーブルにめり込んでいるのである。これは尋常《じんじょう》ではない。

「ほら、もう片付《かたづ》けるよ。ちっとも飲んでないじゃない」

言いながら、イルミラがコップを軽々とテーブルから引き抜いた。クラウスがどんなに頑張《がんば》っても抜けなかったのは、一体なんだというのだろう。

「……まあいいや。帰るかな」

とりあえず代金だけおいて、椅子《いす》から立つ。

「ありがとうございました。またどうぞ」

形ばかりの挨拶《あいさつ》をしてくるイルミラに適当《てきとう》な会釈《えしやく》をすると、クラウスは店から出た。

日の暮《く》れたクレメンテ通りは、死んだように静まりかえっていた。

人の気配というものが全くしない。動物的野性《やせい》的な感性にはとんと縁《えん》のないクラウスでも、はっきりそう感じ取れるほどに。

八つ裂《ざ》きオーウェンスの手口は、日が暮れた暗い街を徘徊《はいかい》し、一人で歩いている人間を背後《はいご》から襲《おそ》うというものだった。今のクラウスは、うってつけの獲物《えもの》である。

いびつに欠けた月に照らされた通りは、そのまま凍《こお》り付いてしまうほどに寒々としていた。殺人鬼《さつじんき》が復活《ふっかつ》するには、おあつらえ向きの情景《じょうけい》である。

振《ふ》り払《はら》おうとすればするほど、妄想《もうそう》が強くなる。血を流して倒《たお》れる自分と、それを見下ろす通り魔《ま》。そんな光景が、いやに現実味《げんじつみ》を伴《ともな》って頭の中を駆《か》けめぐる。

知らず知らずのうちに、急ぎ足になっていた。早く、家に帰りたい。

床《ゆか》が抜けていようとおんぼろだろうと、今のこの通りにいるよりはずっとマシである。手から汗《あせ》が滲《にじ》んで、持っている杖《つえ》が滑《すべ》りそうになる。家のベッドが無性《むしょう》に恋《こい》しい。一瞬《いっしゅん》たりとも、こんなところにはいたくない――

――足音がした。

体温が一気に下がる。頭の中だけが焼け付くように熱い。

必死で自分を落ち着かせようと試みる。別に、この足音が八つ裂きオーウェンスのものだと決まったわけではない。単なる通りすがりの人間だということも、十分にありえるではないか。

――足音が、同じ方向についてくる。

試みは失敗に終わった。恐怖《きょうふ》が心臓《しんぞう》を鷲掴《わしづか》みにし、混乱《こんらん》が首を絞《し》め上げる。

ほとんど発作的に、クラウスは路地裏《ろじうら》に飛び込《こ》んだ。

上手い具合に、路地裏にはごみとして捨《す》てられたと思われる木箱の山があった。すかさずその箱の陰《かげ》に隠《かく》れる。

足音は、路地裏の前で止まった。見失ってくれたのだろうか。そうであってほしい。

しかし、その祈《いの》りは即座《そくざ》に否定《ひてい》された。足音は、路地裏へと入ってくる。

己《おのれ》の軽率《けいそつ》さを悔《く》やむ。隠れたつもりが、かえって自分から逃《に》げ場をなくしてしまったのではないか。

一歩、また一歩。足音が近づいてくる。

何か詠唱《えいしょう》をぶつけるべきか、それとも逃げ出すべきか。混乱しきった頭は、そんな簡単《かんたん》な判断《はんだん》さえ下せなくなっていた。なんだか、前にも同じことがあったような気がする。

足音が、木箱のすぐ側で止まった。クラウスは息を潜《ひそ》める。

静けさ。鼓動《こどう》が、クラウスの体内で反響《はんきょう》する。この音が聞こえてしまうのではないか、そんなありもしない不安が湧《わ》き出てくる。

「……あれ？　クラウスー？」

足音の主が声を発し、クラウスは思わず脱力《だつりょく》した。

「おかしいな、こっちに来たはずなんだけど……」

イルミラだった。

「もう。最近変な話聞くし、早く見つけたいのにな」

勘弁《かんべん》してくれよ。口の中でそう呟《つぶや》き、クラウスは箱にもたれかかった。どっと疲《つか》れが噴《ふ》き出してくる。

「見間違《みまちが》い、じゃないよねえ……。最近嫌《いや》な噂《うわさ》聞くし、あんまり夜の通り歩きたくないのになぁ……」

イルミラの声が移動《いどう》する。どうやら完全にクラウスを見失ってしまったらしい。

ふと、クラウスの中にむくむくと悪戯心《いたずらごころ》が湧き上がってきた。普段《ふだん》ではまずあり得ない。恐怖から解放《かいほう》された安堵《あんど》感が、クラウスの精神年齢《せいしんねんれい》を教え子たちと同次元まで低下させてしまっていた。

「クラウス、いるんでしょ？　なんか気配感じるわよ」

場所までは特定されていないが、いることはばれているらしい。さすが魔術格闘《まじゅつかくとう》で鍛《きた》えているだけはある。

のろのろしていては、気づかれてしまう。クラウスは一気に行動に移《うつ》した。

「わっ！」

駆《か》け寄《よ》り、背中《せなか》をどんと両手で押《お》す。

効果《こうか》は覿面《てきめん》だった。

「きゃあああ⁉」

裏拳《うらけん》をまともに食らい空中へと鮮《あざ》やかに舞《ま》いながらクラウスは考える。やめておけばよかった。

「この馬鹿《ばか》！　しんじらんない！」

イルミラが喚《わめ》く。声のうわずり方から察するに、本気でびっくりしたのだろう。

「ごめん。悪かった」

地面に仰向《あおむ》けで倒《たお》れたまま、クラウスは謝《あやま》った。

「せっかく忘《わす》れ物持ってきてあげたのに！　知らない！」

「……忘れ物？」

杖《つえ》は持ってきている。他に、何か忘れるようなものがあっただろうか。

そんなことを考えていると、クラウスの顔にこつんと何かがぶつかった。

「これは……」

小さな石状《いしじょう》の物体である。

「テーブルの上に置きっぱなしだったよ。あーもー、こんなことならほっとけばよかった」

「ほんと悪かった。もうしない。……で、これなんだけど、俺《おれ》のじゃないぞ」

飛んできた物体を拾いながら、クラウスは言った。試作品の魔術具である。確《たし》か、『魔《グラ》精石《インダー》』といったか。

「え、そうなの？」

「うん。トピィのだよ」

店を出る前、えらく慌《あわ》てていたようだし、うっかり忘れて行ってしまったのだろう。

「なんか、その呼《よ》び方すっかり気に入ってるわね。響《ひび》きからして可愛《かわい》いもんねートピィとか」

イルミラが、目を細めてクラウスを睨《にら》み付けてきた。

「いや、別に、そうしてくれって言われたからで……」

しどろもどろになる。冷静に考えてみればそんな必要はなさそうなものなのだが、なぜか動揺《どうよう》してしまう。

「ふーん。ま、別にあたしは全然これっぽっちも構《かま》わないけど」

窒息《ちっそく》を誘発《ゆうはつ》するような視線《しせん》でそう言われても、説得力のかけらもない。

「もうあたしは帰るわよ。今度あんなことしたら殴《なぐ》るだけじゃ済《す》まさないからね」

「だから悪かったたって……」

「ふんだ」

クラウスの横を通り、イルミラが路地裏《ろじうら》から通りへと出る。

「あんたもさっさと帰りなさいよ。最近物騒《ぶっそう》だし」

「うん……」

そうしたいのは山々なのだが、少し気にかかることがある。

手の中の『魔精石《グラインダー》』を眺《なが》める。トピーアによれば、これは完成したばかりの試作品らしい。となると、数もそうないに違いない。なくしたりすれば大事だろう。

去り際《ぎわ》のトピーアの言葉を思い返す。確か、詠唱《えいしょう》学会の打ち合わせで協会の方に行くと言っていたはずだ。

「あれ、クラウスどっち行ってんのよ。あんたの家はそっちじゃないでしょ」

歩き出したクラウスに、イルミラが声をかけてきた。

「ん。いや、これトピィに持って行ってあげようと思って」

「……なんですって」

イルミラが硬直《こうちょく》する。

「クラウスってば、本当に、親切なのね、あたし、感心しちゃう」

一語一語を明確《めいかく》に区切った発音。ほめられているはずなのだが、ちっともそんな風には思えない。

「そ、それじゃあまたね」

何が気に入らないのか分からないが、聞くと余計《よけい》に不興《ふきょう》を買ってしまうに違《ちが》いない。クラウスはさっさと逃《に》げることにした。

「場所は詠唱士協会とか言ってたかな。じゃ、あたしも行く」

しかし、なぜかイルミラはそんなことを言った。

「……え？」

「な、なに不思議そうな顔してるのよ。お客さんの忘れ物届《とど》けるだけじゃない」

明後日《あさって》の方向を向きながら、イルミラが腰《こし》に手を当てる。

「いや、だって……」

「ぐだぐだ言うな！　ほら、さっさと行くよ！」

クラウスの疑問《ぎもん》を押しつぶし、イルミラはすたすたと歩き始めた。

「さて、あなたはどうするの？」

床《ゆか》をほうきで掃《は》きながら、レシーナが誰《だれ》にともなくそう言った。

「早くしないと、追いつけないわよ」

返事はない。

「片《かた》づけのことなら気にしないで。また明日、今日の分も仕事してくれたらいいんだから。あなたなら信頼《しんらい》できるし、多少の融通《ゆうずう》はきかせるわよ。だから、給料も前貸《まえが》ししたんだし」

返事はない。

「やっぱり、喧嘩《けんか》してたのね」

かたんと、何かがぶつかる音がした。

「無理して仲直りしろとは言わないわ……でも」

そこでレシーナは一旦《いったん》言葉を切り、しばしの間意図的な静寂《せいじゃく》で『ハンネマン』を満たしてから、

「あんまり意地ばかり張《は》ってると、とられちゃうかもね」

どしゃんばたんと、何かがひっくり返る音がした。

「あらあら」

続いて、どたどたばたばたと足音が鳴り響《ひび》く。

足音は、一目散《いちもくさん》に店の外へと飛び出していった。

「気を付けるのよ」

走り去る足音に、レシーナは優《やさ》しく声をかけたのだった。


一人が二人に増《ふ》えたところで、やはりクレメンテ通りは静かだった。

会話もなく、二人はただ歩を進める。どうしてか落ち着かない。

「なあ、イルミラ」

だから、クラウスは口を開いた。

「なによ」

無愛想《ぶあいそ》な返事に、少しだけ怯《ひる》む。二人きりなせいだろうか。イルミラの反応《はんのう》が、妙《みょう》にどぎつく感じられる。

「うーん……」

話しかけてみたものの、これといって話題があるわけではない。

また沈黙《ちんもく》が二人の間に訪《おとず》れた。

「そう言えば、さ」

次にそれを破《やぶ》ったのは、イルミラだった。

「なんて言うか、深い意味は全然ないんだけど、こうして二人で歩くのって初めてだよね。深い意味は全然ないんだけど」

言われてみれば、確《たし》かにそんな気がする。

「まあ、必然性《ひつぜんせい》も必要性もないもんな」

軽口を叩《たた》いた。なんとなく気恥《きは》ずかしかったので、そのごまかしも兼《か》ねている。

「そりゃあ……そうだけど」

クラウスは我《わ》が目を疑《うたが》った。ほんの僅《わず》かな、まばたきを一つするかしないかの瞬間。イルミラが、少しだけ、哀《かな》しそうに見えなかったか――

「クラウスみたいなむっつりと二人っきりでいたら、なにされるかわかんないもんねー」

錯覚《さっかく》だったようだ。イルミラは、いつものイルミラに戻《もど》っている。

「誰がむっつりだ誰が。そもそもイルミラに変な気を起こす奴《やつ》なんてクレメンテ通り中をさが――」

ずん、と低い音がした。

「待てイルミラ、せめて俺が最後まで喋《しゃべ》ってからだ。あともう少し加減《かげん》しろ。なんだ今の地鳴りみたいな音は」

「なに言ってるのよ。あたしじゃないわよ」

イルミラが目を丸くして否定《ひてい》する。

「え、それじゃ一体……」

ずん、ずん。腹《はら》の底に溜《た》まるような低音が、断続的《だんぞく》に通りを揺《ゆ》らす。

「ちょっと、見に行ってみようか」

「うん。そうね」

音のする方向へ、二人は小走りで駆《か》け寄《よ》った。

「この奥《おく》かな……？」

クラウスは路地裏《ろじうら》を覗《のぞ》き込《こ》んだ。さっきイルミラをおどかしたところと同じような場所である。

「なんか、魔力《まりょく》がぶつかってるみたいね。妙に——嫌《いや》な感じが、する」

イルミラが、深呼吸《しんこきゅう》を一つする。

続いて足を前後に開くと、裂帛《れっぱく》の気合とともに前方の足を地面に叩きつけた。

何かが破裂《はれつ》するような、小気味よい音が鳴り響《ひび》く。

「ちょっと見てくる」

そう言ったイルミラの体の周囲には、小さい球状《きゅうじょう》の物体が淡《あわ》い光を放ちながらいくつも漂《ただよ》っていた。

「……『覇拳の使徒《ディサイプル》』出すのは久《ひさ》しぶりだけど、そのくらいしないとまずそうな気がするのよね、なんとなく」

そう呟《つぶや》くと、イルミラは早足で歩き始めた。

『覇拳の使徒《ディサイプル》』と呼《よ》ばれるこの物体は、魔術格闘《まじゅつかくとう》の使い手の体内で魔力が活性化したときに発生する浮遊体《ふゆうたい》である。とにかく目立つので、どこかに隠《かく》れているときなどは出せないが、正面切ってやりあうときには相手を威圧《いあつ》するという意味でも有効《ゆうこう》である。

「待てよ、俺も行く」

先へ先へと行ってしまうイルミラを、クラウスは追いかける。

イルミラが感じているであろう不安を、クラウスも感じていた。

間断《かんだん》なく響いてくるこの音は、胸騒《むなさわ》ぎを誘発《ゆうはつ》する。何か、命が削《けず》られるような、そんな錯覚《さっかく》さえ――

「来てはいけません！」

切迫《せっぱく》した声が、クラウスたちを押《お》さえつけた。

「トピィ……？」

路地裏の先には、三方を建物に囲まれた少し広い空間があった。ゴミ捨《す》て場か何かなのだろう。使えなくなったと思われる家具や何が入っているのかわからない袋《ふくろ》やらが、無造《むぞう》作《さ》に散らかっている。

霧《きり》が、辺りを満たしている。こんな狭《せま》い範囲にしか発生していないことからも、この霧が自然のものではないことがわかる。

その薄《うす》ぼんやりとした視界《しかい》の中に、杖《つえ》を抱《かか》えたトピーアがいた。

「こんな時に、なんて間の悪い」

気圧《けお》される。トピーアの顔つきは、『ハンネマン』にいたときとも組合で授業《じゅぎょう》をしていたときとも全く違《ちが》っていた。

殺気。触《ふ》れれば指が切れそうな、張《は》り詰《つ》めた空気がこれでもかと言わんばかりに発散されている。

「トピィ、何が――」

「クラウスよけて！」

いきなり突《つ》き飛ばされ、クラウスは近くにあった埃《ほこり》まみれのソファーを巻《ま》き込みながら転がった。

「い、ってえ……」

やったのはイルミラだろう。いったい何のつもりなのか。

抗議《こうぎ》しようと体を起こしたところで、クラウスは信じられないものを見た。

「嘘《うそ》、だろ」

黒い影《かげ》が、凄《すさ》まじい速度で移動《いどう》している。

目で追える限界《げんかい》を、遥《はる》かに上回っていた。生物に可能《かのう》な動きなのだろうか。

影は、あっという間にイルミラの後ろに回った。一瞬《いっしゅん》動きが止まり、そこでクラウスはようやく影が人間の形を取っていることを視認《しにん》する。

影が腕《うで》を振《ふ》り上げる。その手に輝《かがや》く、恐《おそ》ろしい刃物《はもの》。

「イルミラっ――」

悲鳴のような声が漏《も》れた。

イルミラは、クラウスよりは影の移動を把握《はあく》していたらしい。影が腕を振り下ろすその直前にしゃがみ込む。

月光を反射《はんしゃ》しながら、刃物が弧《こ》を描《えが》く。空間が切り取られそうなほどに鋭利《えいり》な閃《ひらめ》きが、イルミラの髪《かみ》を切り取り散らすのが見えた。

影が体勢《たいせい》を立て直すそれよりも早く、イルミラは足払《あしばら》いをかけた。その蹴《け》りは青白い光を伴《ともな》っている。魔力が込められている証左《しょうさ》だ。

て飛び上がる。

素人目《しろうとめ》にも分かるほどに、完璧《かんぺき》な間合いだった。しかし、影は超人的《ちょうじん》な反応《はんのう》速度でもっ
イルミラの拳《こぶし》が光を放ち、影を捕《と》らえんと動く。今度こそ命中するだろう。空中に移動してしまった影は、あまりに無防備《むぼうび》である。

しかし、そんな予想は簡単《かんたん》に覆《くつがえ》されてしまった。地面に着地することなく、影が自らの足でイルミラの拳を受け止めたのだ。

勢《いきお》いまでは殺せなかったか、影が後方に弾《はじ》かれる。

『拳すなわち心の鏡、心すなわち拳の真神《まがみ》！　鋼《はがね》の心を拳となして、悪鬼羅刹《あっきらせつ》を打ち滅《ほろ》ぼさん！　威拳紋鋼《いけんもんこう》、爾倹奔靠《じけんほうこう》！』

イルミラの右の手に魔力が集まり、煌々《こうこう》と光を放つ。

詠唱《えいしょう》を終えると、イルミラは腰《こし》を落とし右足を引いて構《かま》えを取った。

「正《せい》！」

張《は》りのある気合とともに、輝く右手を影に向かって突《つ》き出す。

すると、『覇拳の使徒《ディサイプル》』を大型にしたような球状の光が、イルミラの右手から放たれた。

確《たし》か、これは『耀飛弾《ラーズロキット》』という魔術格闘の技《わざ》の一つだ。凝縮《ぎょうしゅく》した魔力をぶつけるという、エルリーが使う魔力解放《かいほう》を詠唱付きで再現《さいげん》したようなものだったはずである。眩《くるめ》く輝く光

の弾丸《だんがん》は、狙《ねら》いあやまたず影へと飛んでいく。今度こそ、勝負がつくはずだ。

しかし、影は全く慌《あわ》てた素振《そぶ》りも見せず、手にした短刀を構《かま》えた。

魔力の弾《たま》は吸《す》い込まれるように刃《やいば》にぶつかり、まっぷたつに千切れ飛んだ。

「うそっ……」

イルミラが、初めて動揺《どうよう》を見せた。その僅《わず》かな隙《すき》を見逃《みのが》さず、影が瞬時に間合いを詰《つ》める。

「危《あぶ》ない！」

咄嗟《とっさ》にクラウスは何か詠唱をしようとする。

『いかなる声も我《われ》を揺《ゆ》るがせること能《あた》わず！』

が、それよりも早く、別の詠唱の声が響《ひび》き渡《わた》った。トピーアだ。

トピーアは、杖《つえ》の柄《え》の部分に水晶《すいしょう》のようなものを取り付けている。響鳴器《エフェクター》という杖に様々な特性《とくせい》を与《あた》えたりする魔術具《まじゅつぐ》だろう。

『いかなる汚穢《おえ》も我を濁《にご》らせること能わず！　防起呑嵩《ぼうきどんすう》、陽機尊崇《ようきそんすう》！』

影の振るう短刀が今まさにイルミラに触《ふ》れようとしたところで、イルミラの周囲に光の膜《まく》が出現した。

先程《さきほど》はイルミラの『耀飛弾《ラーズロキット》』を簡単に防《ふせ》いだ影の短刀だったが、トピーアの詠唱を崩《くず》すことは出来なかったらしい。二度三度と叩《たた》きつけられても、びくともしていない。

無駄《むだ》だと判断《はんだん》したか、影《かげ》がイルミラの前から飛び下がる。

「二人とも、こちらへ。早く」

トピーアの声でようやく我に返り、クラウスは弾かれたように移動した。

「あれが、最近通りを騒《さわ》がしている、八つ裂《ざ》きオーウェンスが甦《よみがえ》ったものです」

肩《かた》で息をしながら、トピーアが言う。響鳴器《エフェクター》は、種類によっては使用者の魔力を大量に消耗《しょうもう》する場合がある。おそらくは、それが原因《げんいん》だろう。

「冗談《じょうだん》じゃないわよ、なによあの身のこなし。ちょっとやそっと格闘技嚙《かくとうぎかじ》ったぐらいじゃできないわよあんなの」

駆《か》け寄《よ》ってきたイルミラは悔《くや》しそうである。しかし、その目を見る限《かぎ》り、まだ闘志《とうし》を失っていないらしい。

『我その加護《かご》を渇望《かつぼう》せん、我その庇護《ひご》を熱望せん。陽《よう》の統治《とうち》者《しゃ》すなわちハンセン、汝《なんじ》の輝《かがや》き今こそここに！　陽沙燈乱《ようさとうらん》、光狭導暗《こうさどうあん》！』

そんなイルミラに頷《うなず》いてみせると、トピーアは詠唱《えいしょう》した。

三人の周囲に、鈍《にぶ》く光る壁《かべ》が出現する。見るからに性能《せいのう》のよさそうな結界である。

「八つ裂きオーウェンスは、バムンガーミ地方に伝わっていた刃物《はもの》を使用する古武術《こぶじゅつ》の使い手でした。まだ殺人に手を染《そ》める前、彼は民間の魔獣狩り《ジャギュレイター》として活動していたのですが、その時凶暴化した太火熊《トールベアー》と短刀一本で渡《わた》り合ったことがあるといわれています」

トピーアが、額《ひたい》に浮《う》かんだ汗《あせ》を拭《ぬぐ》った。その大儀《たいぎ》そうな動きが、彼女の消耗を如実《にょじつ》に表している。

影――八つ裂きオーウェンスは、少し離《はな》れた位置で低く身構《みがま》えたまま動かない。様子を見ているのだろう。

しかし、不思議と言えば不思議だった。八つ裂きオーウェンスは組合員ばかりを狙《ねら》っていたはずであり、トピーアが襲《おそ》われるのはおかしい。

「今の彼は魔力で構成《こうせい》されている分、肉体という限界《げんかい》がある人間よりも様々な面で有利です。生前よりずっと強いと考えて間違《まちが》いないでしょう。……他にも」

トピーアが、顎《あご》で八つ裂きオーウェンスの手元を示《しめ》す。

「あれは、いわゆる断魔刀《ペインキラー》です。刃にある種の魔力を込めることで、他の魔力に強靭《きょうじん》な抵《てい》抗力《こうりょく》を持つことに成功した魔術具ですね」

「だからあたしの『耀飛弾《ラーズロキット》』が防がれたのね」

納得《なっとく》したように、イルミラが頷いた。

「はい。……あれは、八つ裂きオーウェンスの死後好事家《こうずか》の手を渡り、最後には行方《ゆくえ》不明になりました。おそらく、彼を甦らせた何者かが手に入れたのでしょうね」

古い金貨などならともかく、殺人鬼《さつじんき》の刃物《はもの》を取引する人間がいるとはにわかに信じがたいが、まああり得ないことでもないのだろう。

「ですから、基本《きほん》的に直接《ちょくせつ》的に魔力で干渉《かんしょう》する類《たぐい》の手段《しゅだん》はほぼ防がれてしまいます。何か、別の角度から攻めないと——」

トピーアの言葉が途中《とちゅう》で途切れる。

がしん、と壁が揺《ゆ》れた。八つ裂きオーウェンスが斬《き》りつけてきたのだ。

「心配しないで下さい。この『陽円の架壁《ジェリコウオール》』は陽光依存《いぞん》の詠唱ですが、多少のことでは破《やぶ》れません。——断魔刀《ペインキラー》くらいで破れるような結界を張《は》ってるようじゃ、王国詠唱士とは言えませんよ」

にっこりと、トピーアが微笑《ほほえ》んだ。

八つ裂きオーウェンスは、狂《くる》ったように何度も刃物を叩きつけてくる。しかし、トピーアの結界は、びくともしない。

「クラウスさん、何か攻性詠唱《こうせい》を。できるだけ魔力が何か別の形に変換《へんかん》されているものをお願いします。断魔刀《ペインキラー》は普通《ふつう》直接的な魔力しか殺せないはずです」

「えっ……」

「恥《は》ずかしながら、僕《ぼく》はこの結界を維持《いじ》するので精一杯《せいいっぱい》なんです。心配しなくても、この詠唱は可透防壁形式《マジックミラー》なので、中から外へは魔力は透過《とうか》します」

これはまた、大変な役割《やくわり》を任《まか》せられてしまった。

しかし、考えてみればのこのこやってきたせいでトピーアの足を引っ張っているようなものだ。多少なりとも役に立たねばならないだろう。

「そうだ、これを使って下さい」

トピーアが十字の形をした金属を投げてよこしてきた。

「うわ、歪化魔具《サンズアンプ》だ」

「はい。助性詠唱用に設定《せってい》されているものだし、接続具もありませんが、それでも杖《つえ》から直接最適化《さいてきか》するよりはマシだと思います」

クラウスは、受け取った十字型の金属を杖の先端《せんたん》にくっつけた。金属は、まるで縫《ぬ》い止められたように杖へと貼《は》り付く。

『御名《みな》は風神オリヴィウス！　其《そ》は吹《ふ》きすさぶ天空の使者、すなわち疾《はや》き蒼穹《そうきゅう》の覇者《はしゃ》！　眩《まばゆ》きその所作その力、今わが前に顕《あらわ》し示せ！』

とりあえず、思いついた詠唱をぶつけてみる。『招風詠唱《しょうふう》』である。

クラウスの杖から、強烈な旋風《せんぷう》が巻《ま》き起こった。地面に落ちていた組合のチラシが宙《ちゅう》に舞《ま》う。

「うわっ!?」

反動で杖が手から離《はな》れそうになった。慌《あわ》てて両手で押さえる。想像《そうぞう》以上に強力である。突然《とつぜん》の反撃《はんげき》に驚《おどろ》いたか——そもそも魔力の塊《かたまり》に驚くという感情《かんじょう》があるのかどうかは判然《はんぜん》としないが——八つ裂《ざ》きオーウェンスが後ろに飛び下がった。

「その歪化魔具《サンズアンプ》は、国から支給《しきゅう》された第一次世界動乱《どうらん》時代の復刻版《クラシック》です。魔力の伸《の》びがいというかよすぎるので、注意して下さいね」

トピーアが、杖を持ち直しながら言う。

「な、なるほど……」

まるで自分の詠唱ではないようである。いいものを使えば、元が悪くともそれなりに誤《ご》魔化《まか》せるらしい。

「クラウスさん、攻撃《こうげき》の手をお願いします。時間を稼《かせ》げば、そのうち助けが来るはずです」

「う、うん」

一歩前に出て、杖を構《かま》える。

『命を孕《はら》むは黒の水、死の地を祓《はら》うは虚《うろ》の地図。無味の大地が抱《いだ》き持つ、海の解知《かいち》を砕《くだ》き落つ。黒水遼化《こくすいりようか》、独粋良架《どくすいりようか》』

地面を突《つ》き破るようにして、黒い水が噴《ふ》き出した。詠唱教室で見せた『黒幻水《ブラックウオーター》』だが、あの時とは勢《いきお》いが段違《だんちが》いである。ほとんど滝《たき》のようだ。歪化魔具《サンズアンプ》の効果《こうか》を、改めて思い知らされる。

立て続けに詠唱を続け、クラウスはいくつも水流を作った。八つ裂きオーウェンスの妨《ぼう》害《がい》がその目的である。

横一列に水流を並《なら》べる。いわば、水の壁《かべ》だ。

たかが水と判断《はんだん》したのだろう、八つ裂きオーウェンスが突っ込んできた。

すかさず、『魔力漸減《サプレッサー》』と『魔力漸増《ブースター》』を駆使《くし》し、八つ裂きオーウェンスがぶつかった辺りの水量を増加《ぞうか》させる。

突き破ることができなかったか、八つ裂きオーウェンスは再《ふたた》び後退《こうたい》した。

「考えましたね、クラウスさん！　さすが、僕の見こんだ人だけあります」

トピーアが目を輝《かがや》かせる。

「いや、そんな……」

少し恥《は》ずかしい。

「さすが、トピィちゃんの見込んだ男だけはあるわねー」

イルミラが目を細める。

「いや、そんな……」

かなり怖《こわ》い。

と、そうこうしているうちに再び八つ裂《ざ》きオーウェンスが水の壁に体当たりをかましてきた。

「しつこいな」

再び、魔力《まりょく》を調節して防《ふせ》ぐ。成功するかどうか不安だったが、一旦上手《いったんうま》くいけば後は同じ方法を繰《く》り返すだけである。

しかし、クラウスのそんな考えは甘《あま》かった。

「えっ……」

水が、かき消えるように消滅《しょうめつ》した。あまりにあっさりと、まるでもともと存在《そんざい》していなかったように。

その向こう側に、百年前の殺人鬼《さつじんき》が悠然《ゆうぜん》と立っているのが見えた。

姿《すがた》を、初めてはっきりと確認《かくにん》する。

背《せ》はそれほど高くない。クラウスと同じくらいか、少し低いくらいである。

長い手足が目につく。目深《まぶか》にかぶった帽子《ぼうし》のせいで目が見えず、そのため表情も窺《うかが》いづらい。

魔力で構成《こうせい》されているようには思えなかった。どこからどう見ても、人間である。

だというのに、これっぽっちも「生命」が感じられない。人形めいた無機質《むきしつ》さだけが、
八つ裂きオーウェンスの体から滲《にじ》み出ている。

なぜ、『殯の魔霧《フューネラルフォッグ》』を使うことが禁止《きんし》されたのか。その理由が、分かったような気がした。──目の前にいるあれは、存在してはいけないものだ。

「読みが外れました。彼の断魔刀《ペインキラー》があれほどの威力《いりょく》を持っているなんて。……おそらくは名のある刀匠《とうしょう》の手によるものなのでしょうね」

トピーアが唇《くちびる》を噛《か》む。

「八つ裂きオーウェンスを呼び出した人間を押《お》さえるしかないようです。多分、どこかで隠《かく》れているはずなのですが……」

「どこかって、どこに」

クラウスは周囲を見回した。ごみが散乱《さんらん》しているが、隠れられそうな場所はない。建物は灯《あか》りが消えているし、どこに潜《ひそ》んでいるかなど見当もつかない。

八つ裂きオーウェンスが、またしても結界に刃《やいば》を突《つ》き立ててきた。

「ちょっと、本当に大丈夫《だいじょうぶ》なの？」

イルミラが、不安そうに訊《たず》ねる。

「ええ、もうしばらくはもつと思います。ですが、このままだと辛《つら》いかもしれませんね。

……一人だったら、何とかなったんだけどなあ」

言ってしまってから、トピーアはしまったと口を押さえた。

「ごめんなさい。そんなつもりじゃ……」

慌《あわ》てて否定《ひてい》しようとしている。しかし、さっぱり誤魔化《ごまか》せていない。

申し訳《わけ》なさで胸《むね》がいっぱいになる。足を引っ張《ぱ》っているばかりである。所詮《しょせん》自分は、一《いっ》般人《ぱんじん》なのか。

八つ裂《ざ》きオーウェンスは、攻撃《こうげき》の手を緩《ゆる》めない。今にも破《やぶ》られてしまいそうである。明確な、少し先の時間軸《じかんじく》に用意された恐怖《きょうふ》がクラウスの胸を蝕《むしば》む。

――その時だった。

「……ふむ。妙《みょう》な魔力の流れがあったと思ったら、こういうことであったか」

張り詰《つ》めた場の空気に似《に》つかわしくないほど落ち着いた声が、周囲に響《ひび》いたのは。

「エルリー⁉」

驚《おどろ》かずにはいられなかった。

ウェイトレスの制服《せいふく》のままで、エルリーが立っていたのだ。

「ふむ。珍《めずら》しいものがいるな。再結体《リユニオン》か。なかなか出来が良い」

まるで散歩の途中《とちゆう》で知り合いに出くわしたような自然さである。

「危《あぶ》ないです、逃《に》げて！」

トピーアが叫《さけ》ぶ。

「む？」

首を傾《かし》げるエルリーのすぐ後ろに、いつの間にか八つ裂きオーウェンスが回り込《こ》んでいた。

「エルリー！」

イルミラが悲鳴を上げる。

言葉も発さず、クラウスは結界を飛び出した。

エルリーを守ること助けること、それだけしか頭になかった。エルリーを傷《きず》つけさせるわけだけには、いかない。

「だめ、クラウスさん！」

トピーアの制止《せいし》が聞こえてきた。従《したが》うつもりは毛頭ない。

八つ裂きオーウェンスが腕《うで》を振《ふ》り上げる。断魔刀《ペインキラー》が月のか細い光を反射《はんしゃ》する。——どうあがいても、間に合わない。

「やめろ！」

無駄《むだ》だとは分かっていた。相手は人間でさえない。言葉が通じるはずがない。

それでも、叫《さけ》ばずにはいられなかった。

八つ裂きオーウェンスの動きが、ひどくゆっくりに見える。刃が、エルリーの肌《はだ》に吸《す》い込まれる——

「案ずるでない」

ひどく簡単《かんたん》にそう言うと、エルリーはほんの僅《わず》かな動きのみで八つ裂きオーウェンスの断魔刀《ペインキラー》をかわした。

「えっ……？」

呆気《あっけ》にとられる。

二度、三度。八つ裂きオーウェンスは断魔刀《ペインキラー》を閃《ひらめ》かせるが、いずれもエルリーはあっさりと回避《かいひ》する。

「たわいない」

余裕《よゆう》たっぷりに微笑《ほほえ》むエルリー。

「うそでしょ、なんで……？」

イルミラが、信じられないといった様子で呟《つぶや》く。腕に覚えがある自分よりも良い動きをされたのだから、驚くのも無理もないだろう。

「魔力で動いておるからな」

エルリーが、執拗《しつよう》に繰《く》り出される刃物《はもの》をかわしつつ言った。

「――そういうことか」

理由が分かった。

彼女は、ずば抜《ぬ》けて高い魔力分析能力《ぶんせきのうりょく》を持っているのだ。いつだったか、エルリーがちょっとした魔力を感じただけで遠くにいるイルミラを判別《はんべつ》したことがあったくらいである。

だから、魔力が服を着て歩いているような八つ裂きオーウェンスの動きも手に取るように予測《よそく》できているのに違《ちが》いない。

「かわしてばかりではいささか趣《おもむき》がない。ここはちと反撃《はんげき》するとしよう」

あっさりとそう言い放つなり、エルリーは珍妙《ちんみょう》な構《かま》えを取った。

両手を高く掲《かか》げてから、手首を下に曲げる。その状態《じょうたい》のまま、左足を上げて片足《かたあし》で立つ。

一体どういうつもりなのか。

「実はわしは魔術格闘《まじゅつかくとう》の心得《こころえ》もある。そこの暴力的《ぼうりょく》看板娘《かんばんむすめ》の普段《ふだん》の動きを見よう見まねで習得したものだ。どこからでもかかってこい」

「……はあ？　それのどこが魔術格闘だっていうのよ！　うちの流派《りゅうは》にそんな馬鹿《ばか》っぽい

構えないわよ！」

イルミラが喚《わめ》く。

「そうか。わしとしては上手《うま》く再現《さいげん》できていると――」

エルリーが喋《しゃべ》り終わる前に、八つ裂《ざ》きオーウェンスが斬《き》りかかった。

「誰《だれ》のお肌《はだ》が荒《あ》れてるですってー」

普段からは想像《そうぞう》もつかないほどに間抜《まぬ》けな姿勢《しせい》を崩《くず》すことなく、エルリーは八つ裂きオーウェンスをやり過《す》ごす。

「なにそれ！　物真似《ものまね》!?」

イルミラが激昂《げっこう》する。

「あたしだって女の子なんですからねー」

それまで天高く掲げられていたエルリーの右手が拳《こぶし》を作り、八つ裂きオーウェンスへと殴《なぐ》りかかる。

イルミラあたりのそれとは比較《ひかく》にならないほど、へなちょこな攻撃《こうげき》である。だが、その破壊力《はかいりょく》は絶大《ぜつだい》だった。

八つ裂きオーウェンスは後方へ吹《ふ》っ飛び、周囲の家具を巻《ま》き込みながら倒《たお》れた。

「あたしそんなこと言った覚えない！　というか今のなに!?　どうやったの!?」

イルミラの質問《しつもん》には答えず、エルリーはクラウスに向かって舌《した》を出してきた。

「……？」

意味が今ひとつ分からない仕草である。

クラウスが戸惑《とまど》っていると、エルリーはやれやれと言わんばかりに肩《かた》をすくめた。

「エルリー、気をつけなさい！」

イルミラが怒鳴《どな》る。

「分かっておる」

言いながら、エルリーは振《ふ》り返りざま回し蹴《げ》りを放った。

「あちょー」

本気なのかどうか怪《あや》しいかけ声である。姿勢もいい加減《かげん》で、素人《しろうと》丸出しだ。

それなのに、八つ裂きオーウェンスはまたしても吹っ飛んだ。何か、別の力が作用しているかのようにも見える。

——別の力。

「……あ、そういうことか」

ようやく、謎《なぞ》が解《と》けた。

「まりょくかいほ——」

言いかけて、慌《あわ》てて口を塞《ふさ》ぐ。ここでうっかり口にしてしまっては、エルリーが隠《かく》している意味がなくなってしまう。

しかし、あれで大丈夫《だいじょうぶ》だろうか。クラウスは不安になる。いくらなんでも、不自然すぎるような気がする。

「すごいですね……まるで、相手の動きが全《すべ》て読めているみたい。組合でのエルリーさんは型の遵守《じゅんしゅ》に気を取られている感がありましたが……」

トピーアが、感心しきったという口ぶりで呟《つぶや》く。ばれてはいけない人間にばれていないようなので、問題なさそうである。結構《けっこう》世の中甘《あま》いものらしい。

「組合でのって、それどういう……あああっ、わかった！　最近妙《みょう》に外出が多いと思ったら、エルリーあんた仕事さぼってクラウスの行ってるとこに忍《しの》び込んでたのね！　大方給料前借りしたんでしょ！」

イルミラが、はたと手を打った。やっぱり世の中甘いものでもないらしい。

「むっ。ばれてしまったか。これは、まずいな」

エルリーが忌々《いまいま》しそうに言う。

「このままでは向こうから思わぬ攻撃《こうげき》を受けてしまいかねない。さあ、かかってこんか。その程度《ていど》か」

エルリーの挑発《ちょうはつ》に八つ裂きオーウェンスは動きかけたが、すぐに停止した。

「なんだ……?」

今にもエルリーに飛びかかろうという中途半端《ちゅうとはんぱ》な姿勢《しせい》のまま、ぴくりとも動かない。

やがて、八つ裂きオーウェンスの姿《すがた》が薄《うす》くなり、ついには完全にかき消えてしまった。

『血脈の越約《えつやく》は我《わ》が中ゆえに、閃光《せんこう》の原鉱《げんこう》は性《さが》なかるべし! 貫《つらぬ》き通す玉の尾《お》は、鞍抜《くらぬ》き戻《もど》す鎌《かま》の緒《お》なり! 長摩銀臨《ちょうまぎんりん》、放魔心琳《ほうましんりん》!』

だというのに、エルリーは詠唱《えいしょう》を組み上げた。その手から、ばちばちと音を立てながら先端部《せんたんぶ》がくびれた棒状《ぼうじょう》の光が現《あらわ》れる。『光鎌飛槌《ボドムリーパー》』という詠唱で、闇魔術《やみまじゅつ》ではなく現代《げんだい》のものである。

「まったく、それで隠《かく》れているつもりか。敵《かな》わぬと見るなり撤退《てったい》を選んだのは評価《ひょうか》に値《あたい》するが」

嘲《あざけ》るようにそう言うと、エルリーは光の棒を空に向かって無作為《むさくい》に投げ上げる。

——否《いな》、それは見間違《みまちが》いだった。エルリーは、明確《めいかく》な目標を持っていたのだ。

光の棒の輝《かがや》きで、近くの建物の屋上が照らされる。

そこに、何者かがいた。離《はな》れているので、顔や体格《たいかく》、性別《せいべつ》さえも判別《はんべつ》できない。

光の棒は、その誰かの横を通り過ぎて飛んでいった。どうやら、目的は屋上の確認《かくにん》だったらしい。

屋上にいる人間は、そのまま動かない。光に目が眩《くら》んでしまったのだろうか。

「そんなところに!……気づかなかった」

トピーアが悔《くや》しそうに言う。

「詠唱の特性上仕方ないが、そういう風にこそこそしているのは好かぬ。灸《きゅう》を据《す》えてやることとしよう」

言いながら、エルリーは右手を軽く振《ふ》った。

その手の動きに呼応《こおう》して、飛び去ったはずの光の棒が戻《もど》ってくる。

光の棒は、屋上の人間に激突《げきとつ》した。かなりの衝撃《しょうげき》だったのか、影がふらつく。

思わぬ反撃に怯《ひる》んだのだろう、屋上から人影は消えてしまった。

「逃《に》げるか。まあよい」

エルリーが鼻で笑う。

「……ってことは、あたしたち助かったの?」

あまりにあっけなかったせいか、イルミラの口ぶりはやたらと気が抜《ぬ》けている。

「そう、みたいですね。……とほほ、僕《ぼく》ってばまた一般《いっぱん》の方のお世話になっちゃったのかな」

寂《さび》しそうなトピーアの声。

「いや、そんなことないよ。トピィがいなかったら、俺《おれ》たち今頃《いまごろ》……」

言いながら振り返ったクラウスの目に飛び込《こ》んできたのは、結界を解《と》いたトピーアの姿だった。

膝《ひざ》をついている。呼吸《こきゅう》が、ひどく荒《あら》くかつ不定期だ。

「トピィ!?」

慌《あわ》てて駆《か》け寄《よ》る。もしや、どこかを怪我《けが》していたのだろうか。

「あ……そんなにびっくりしなくて、いいですよ。魔力使い切っちゃっただけ、ぽいですから」

トピーアが、無理矢理《むりやり》作ったことが丸わかりな笑顔《えがお》を浮《う》かべる。

「そんな、まさか……」

あれほど強力で多機能《たきのう》な結界なら、魔力もそれなりに消耗《しょうもう》するだろう。しかし、クラウスのような出来損《できそこ》ないならまだしも、トピーアのような一流がそう簡単《かんたん》に魔力切れを起こすとは思えない。

「すごく、恥《は》ずかしいことなんですけど」

そう前置きしてから、トピーアは少しずつ言葉を絞《しぼ》り出した。

「僕、魔力が全然なくって。王国詠唱士《えいしょうし》どころか、一般的な平均《へいきん》よりもかなり下なんです」

信じられない。一般的平均よりかなり下となると、クラウスと同等かあるいは下回ってしまう。

「本当に恥ずかしいので、結構《けっこう》隠してるんですけどね。試験に通ったとき雑誌《ざっし》の取材を受けたりしたんですけど、話しませんでしたし」

言いながら立ち上がろうとして、トピーアはよろめいた。

「っと……」

「危《あぶ》ないよ」

転びそうになったトピーアをクラウスは反射《はんしゃ》的に支《ささ》えようとして、

「大丈夫《だいじょうぶ》です」

明確《めいかく》に拒絶《きょぜつ》された。

「……ごめんなさい。でも、大丈夫なんです」

杖《つえ》に寄《よ》りかかるようにして立ちながら、トピーアが言う。

「結界の仕掛《しか》けも、大体分かりました。犯人《はんにん》は、今日中に絞り込んで見せます」

はっきりした口調。意思の力で、体の不調をねじ伏《ふ》せているのだろう。

「トピーア……」

クラウスは衝撃を受ける。

トピーアは、自分の足でしっかりと立っていた。そこにいるのは、年端《としは》もいかない少女ではなく、一人の王国詠唱士だった。

「ご迷惑《めいわく》を、おかけしました。この責任《せきにん》は、犯人を検挙《けんきょ》することでしっかり果たしたいと思います」

強固な意志と心が、そのまま形となったかのような言葉である。

「あの、トピィ……これを」

クラウスは、魔精石《グラインダー》をトピーアの手に握《にぎ》らせた。

トピーアは驚《おどろ》いたように目を見開いてから、嬉《うれ》しそうに微笑《ほほえ》む。

「ありがとうございます。……そうか、わざわざこれを届《とど》けるために来てくれたんですね」

ひどく痛々しくて、しかし決して憐憫《れんびん》や同情を他者に感じさせない、そんな笑顔で。

「それでは、僕はこれで失礼します」

トピーアが背中を向けて去っていく。クラウスには、その背中がひどく大きく見えた。

「一人で行かせていいの？　なんか心配なんだけど……」

イルミラが言う。

「いいんだ。手助けしちゃ、いけない」

噛《か》みしめるように、そう答えた。

頬《ほお》をはたかれたような気分だった。自分に足りないものがなんだったのか、それを思い知らされたような気がした。

才能《さいのう》ではない。大事なことは、もっと他《ほか》にあったのだ。

「のう、クラウス……」

ちらちらと目を逸《そ》らしながら、エルリーが話しかけてくる。

「その、あれだ。今日は……」

「エルリー。俺、決めたよ」

エルリーの言葉を遮《さえぎ》り、クラウスはあることを宣言《せんげん》した。

「お主、本気か？」

「そうよ、何でまた急に……」

怪訝《けげん》そうに訊《たず》ねてくる二人に、クラウスははっきりと断言《だんげん》する。

「もう、決めたんだ」

風が吹《ふ》き、地面に落ちていた組合のチラシがふわりと宙《ちゅう》に舞《ま》った。

第五章　滅《ほろ》びる怪異《かいい》　Falling Ghost

仕事を終えたクラウスが組合に到着《とうちゃく》した頃《ころ》には、太陽は大分西へと傾《かたむ》いていた。少しだけ、眩《まぶ》しい。

扉《とびら》の前に立つ。これまでは入ることを躊躇《ちゅうちょ》してばかりいたが、もうそんなことはない。一切《いっさい》迷《まよ》うことなく、クラウスは組合の扉を引き開けた。

待合室はかなり混雑《こんざつ》していた。今日は休日なので、それだけ人が多いのだろう。

もしかしたら、あの気味が悪いプログレン学派《がくは》の人間に出くわしてしまわないかと不安に思っていたが、その顔は見あたらない。

見つからないということは、多分この場にいないということだ。彼の特性《とくせい》からいって、多少の人混《ひとご》みでも紛《まぎ》れてしまうとは考えられない。まるでコップ一杯《ぱい》の水に垂《た》らされた油のように、周囲から乖離《かいり》してしまうはずだ。

安心しながら、真っ直《す》ぐ受付へと向かう。

受付には、組合員が何人も並《なら》んでいた。用事を済《す》ますには、まだ少し時間がかかるようである。

「おや、こんにちは」

列の最後尾《さいこうび》について突《つ》っ立っていると、後ろから誰《だれ》かに話しかけられた。

「これは、どうも」

会釈《えしゃく》を返す。

「どうかなさいましたか？　講義《こうぎ》のことで、何か疑問《ぎもん》でも？」

話しかけてきたのは、ヴァングだった。相も変わらず、重そうな本の束《たば》を小脇《こわき》に抱《かか》えている。

「いや、そういうわけではないんですが」

他人と話したせいか、決意が一瞬《いっしゅん》だけ萎《な》えかけた。

クラウスは慌《あわ》てて自分を鼓舞《こぶ》する。ここまで来て、今更後戻《いまさらあともど》りはできない。

「では、一体どういうご用事で？」

重ねて聞いてくるヴァングに、クラウスはポケットから一枚《まい》の紙を取り出して見せた。

「どれどれ……『組合脱退《だったい》願い』……？　クラウスさん、やめられるのですか!?」

ヴァングが目を見開く。

「ええ。そのつもりです」

「どうしてですか？」

「それは……」

逡巡《しゅんじゅん》する。相手は詠唱《えいしょう》組合の講師《こうし》である。本当のことを、言っていいものか。

「実は、ですね」

結局、話すことにした。わざわざ顔を覚えてくれていたのだし、隠《かく》したり誤魔化《ごまか》したりするのは不義理《ふぎり》というものだろう。

「僕、この組合に来ればそれで大丈夫《だいじょうぶ》だって思ってたんです。任《まか》せておけば、きっと詠唱士になれるって」

トピーアの姿《すがた》を見るまで、自覚さえしていなかった。自分の力で前へと進む彼女の背中《せなか》に、教えられたのだ。

「口では頑張《がんば》る頑張るって言ったりもしましたけど、どこかで甘《あま》えていたんだと思います。だから、組合から離《はな》れることに決めたんです。僕は意志《いし》が弱い人間です。もしここに残ったままだったら、きっと――」

いい加減《かげん》になってしまうと言いかけて、クラウスは途中《とちゅう》でその言葉をのみ込《こ》んだ。少し、語弊《ごへい》のありすぎる言い方だ。

「なるほど、そういうことだったのですね」

しかし、ヴァングは深々と頷《うなず》いてくれた。やはり講師だけあって、人間が出来ているらしい。

「クラウスさんが自分で決められたことなら、こちらから引き留《と》めることは出来ません。……まだ、詠唱士は目指されるのでしょう」

「はい。大事な人との約束だし、何より——僕の大切な夢《ゆめ》です」

クラウスは、はっきりりと答えた。

「頑張って下さいね」

ヴァングが、表情《ひょうじょう》を緩《ゆる》める。

「では、それをお受け取りしましょう。私の方で手続きいたします」

そして、服の袖《そで》で半分隠れた手を差し出してきた。

「え、いいんですか？」

「構《かま》いませんよ。次の時間は、講義もありませんし。しばらく、そこら辺の椅子《いす》にかけてお待ち下さいね」

手を軽く上げると、ヴァングは歩き去った。

言われたとおり、クラウスは椅子に腰掛《こしか》ける。

こうしてこの組合で過《す》ごすのも、あと少しなのだ。そう思うと、何となく感傷《かんしょう》的になってしまう。

ふと、クラウスはとある人物のことを思い出した。髭面《ひげづら》で屈強《くっきょう》そうな体つきをした、気の良い青年である。

首を回して、彼のことを探《さが》してみる。あれだけ熱心なのだから、毎日でも組合に来ていそうである。

しかし、彼の姿《すがた》は見あたらなかった。このまま会えなくなるのかと思うと、少しだけ寂《さび》しくなる。

「隣《となり》に座《すわ》っても、よいか」

と、右横から時代がかった口調の声が聞こえてきた。

「よいであろう。異議《いぎ》は認《みと》めぬ。イルミラの奴《やつ》の目を盗《ぬす》んで出てくるのに苦労したのだ、そのくらいは構《かま》わないだろう」

言うまでもなく、エルリーである。

「お主、昨日言っていたことは本気だったのか」

「ああ」

クラウスが頷くと、エルリーはなぜか困《こま》ったように目を伏《ふ》せた。

「どうしたの？」

「わしが言ったことなら、そう気にしなくてもいいのだぞ。確《たし》かに、クラウスがここに通うことを反対はしたが、その、なんだ……」

「いや、気にすることはないよ。自分で決めたことだから」

クラウスは、エルリーに笑ってみせた。

今思えば、エルリーの言っていたことはやはり正しかったのだ。自分自身より、エルリーの方がクラウスのことを分かっていたということか。苦笑《くしょう》が漏《も》れてしまう。

「そうか……うむ、それならよいのだ、それならな」

エルリーが、安心したように微笑《ほほえ》む。

それから、二人はしばらく他愛《たあい》ない会話に花を咲《さ》かせた。

喋《しゃべ》っていなかったのはほんの僅《わず》かな間だったのに、なんだかとても久《ひさ》しぶりなように感じられる。——ひどく、楽しい。

どれだけ話しただろうか。クラウスは、ふと我《われ》に返った。

「ヴァングさん、まだかな……」

彼が姿を消してから、もう随分《ずいぶん》と時間が経《た》つ。手続きは、まだ終わらないのだろうか。

「様子見てこようかな。エルリー、ちょっと待ってて」

クラウスは椅子から立ち上がり、受付へと向かった。

いつの間にか、受付は空いていた。クラウス以外には誰《だれ》も組合員がいない。

「あの、すいません」

手近にいた受付嬢《じょう》に声をかけてみる。

「……は、はい、いかがなさいましたか！」

暇《ひま》でぼんやりしていたのか、返事が微妙《びみょう》に遅《おそ》い。

よく見ると、なかなかの美人である。少し栗色《くりいろ》がかった髪《かみ》を胸《むね》の前に垂《た》らしていて、すっと引かれた眉《まゆ》が美しい。

受付はいわば窓《まど》であり、外見のよい人間を配置するのは当たり前かもしれないが、ともかく眼福《がんぷく》である。

「えーと、組合脱退《だったい》の手続きをヴァング先生にお願いしたのですが、もう終わっていますか？」

我《われ》ながら違和《いわ》感のある相談内容《ないよう》だが、まあ事実なのだからどうしようもない。

「お名前をお願いします」

「えと、クラウス・マイネベルグです」

「承《うけたまわ》りました。少々お待ち下さい」

受付嬢が、奥《おく》へと姿を消す。

少しして戻ってきた彼女の顔には、明らかな困惑《こんわく》が浮《う》かんでいた。

「お名前はクラウス・マイネベルグさんで間違《まちが》いありませんよね？」

「はい、そうですが……」

「今現在《げんざい》、脱退手続き等は確認《かくにん》されていませんが」

「えっ、本当ですか」

確《たし》かにヴァングは引き受けると言っていたのだが、どこかで手違いがあったのだろうか。

「……うーん、それじゃ今ここで手続きします」

ともかく、済《す》ませてしまうしかないだろう。

「わかりました。では、脱退届《とど》けはお持ちですか？」

何ともあっさりした対応《たいおう》である。まあ、入る人間がいればやめる人間もいるわけで、事《じ》務《む》的になってしまうのもやむを得ないのだろう。

「ああ、それが……」

なんと説明したものか。クラウスが困っていると、

「それでは、こちらで用紙の方をご用意いたしましょうか？」

察したのか、受付嬢はそうもちかけてきた。

「はい、お願いします」

「では、用紙がこちらになります。書き物はこちらで」

差し出された羽根ペンを受け取り、クラウスは紙に文字を書き込んだ。名前、住所、年齢《ねんれい》、脱退理由、今日の日付。一度書いたことばかりなので、さらさらと埋《う》めることが出来る。

書き終わり、受付嬢に紙を渡《わた》す。受付嬢は、一通り目を通してから隅《すみ》に判《はん》を押《お》した。

「では、受理され次第《しだい》ご自宅《じたく》の方に連絡《れんらく》が行くと思います」

「わかりました。どうも、ありがとうございました」

簡単《かんたん》に手続きは終わってしまった。これまで待っていたのはなんだったのだろう。

拍子抜《ひょうしぬ》けしながらエルリーの元に戻《もど》る。

「……む」

エルリーは、どうしたことか不機嫌《ふきげん》そうである。

「どうしたの、なんか様子が——」

「ふん。女と見ればすぐに鼻の下を伸《の》ばしおって」

「えっうっあはは何のことかな」

「そこまでばればれの反応《はんのう》を見せられては突《つ》っ込みを入れる気にもならぬ」

ふくれっ面《つら》のまま、エルリーは立ち上がった。

「せっかくお主のことを見直したというのに……わからぬ奴《やつ》だ」

腹《はら》だたしげにそう吐《は》き捨《す》て、すたすたと行ってしまう。

「お、おい。待てよっ」

クラウスは、慌《あわ》ててエルリーの後を追いかけた。誤解《ごかい》をとかねばならない。いや、誤解でもないのだろうが。

「知らぬ。知らぬ知らぬ知らぬっ」

振《ふ》り返らず、エルリーは扉《とびら》を開ける。

外は、夕日に赤く染《そ》められていた。


準備《じゅんび》は万全《ばんぜん》である。

にやつき笑いを噛《か》み殺しながら、ステイムは物陰《ものかげ》に身を潜《ひそ》めた。

あの男――組合に来ても女といちゃつくことしか考えていない俗物《ぞくぶつ》に、真の詠唱《えいしょう》というものを教え込んでやるのだ。

生意気な王国詠唱士の方も性根《しょうね》を叩《たた》き直してやりたいが、実力だけはそれなりにあるようだし、まだ時期尚早《じきしょうそう》である。とりあえず、手っ取り早く倒《たお》せそうなあのクラウスとかいう男を先に潰《つぶ》すべきだろう。

　闇討《やみう》ちは初めてだが、自信はある。古来の技《わざ》を学んだ自分に、不可能《ふかのう》はないはずだ。

「ええい、往生際《おうじょうぎわ》の悪い奴だ。まだ認《みと》めぬと言うか」

「そりゃあ確《たし》かにあの受付の人は美人だったけど、だからって別にでれついたりは……」

　声が聞こえてきた。あの男と、連れの少女のものだ。痴話喧嘩《ちわげんか》しているらしい。早くも、ステイムの頭に血が昇《のぼ》る。

「嘘《うそ》をつくでない。お主の目がそう言っておった」

「えっ……いやそんなはずは……っておい、エルリーの位置から俺《おれ》の目は見えないじゃないか」

「今の反応《はんのう》だけでも状況《じょうきょう》証拠《しょうこ》としては十分だ。まんまと引っかかりおって」

　体が小刻《こきざ》みに震《ふる》える。どこまで仲の良さを見せつけるつもりだ。この世に生を受けてから二十六年間、ただの一度も彼女が出来なかった自分を嘲《あざけ》っているのか。きっとそうだ。許《ゆる》し難《がた》い。

　声は、どんどん近づいてくる。ここ数日、彼らの行動をしっかり調査《ちょうさ》しておいた甲斐《かい》があった。どんぴしゃりである。

　あとは、不意打ちをしかけて打ちのめすだけだ。たっぷりと、屈辱《くつじょく》を味わわせてやる。

ステイムが、いざ詠唱を組み上げたところで、誰《だれ》かに肩《かた》を叩かれた。

「何だ、今忙《いそが》しい。後にしてくれ」

後ろ手に振《ふ》り払《はら》う。しかし、手はどけられない。

肩を叩かれていたのではなく、摑《つか》まれていたのだ。

驚《おどろ》き振り返ろうとするそれよりも早く、ステイムの首に手が回り込んできた。

「ひどいぞエルリー、騙《だま》したのか！」

「ええい、お主自分が嘘《うそ》をついていたことを棚《たな》に上げるつもりか！　なんと面《つら》の皮の厚《あつ》い！」

気がつくと追い詰《つ》められてしまっていた。

「もう知らぬ！　勝手にするがよい！」

肩を怒《いか》らせて、エルリーが行ってしまう。

「待って、だから、その――」

くぐもった悲鳴が、クラウスの言葉を中断《ちゅうだん》させた。元々輪郭《りんかく》のない声を無理矢理《むりやり》押しつぶしたような、無惨《むざん》な響《ひび》きである。

「……なんだ？」

二人して、足を止める。

「こちらの方からしたようだな」

エルリーが、脇道《わきみち》を指し示《しめ》す。

「なんだろう……」

昨日のことが思い出されて、クラウスの足が鈍《にぶ》る。

「どうする。知らぬ顔をして通り過《す》ぎるか？」

しかし、エルリーのその言葉にクラウスは首を横に振っていた。

「そうもいかないだろ。言い争う声なんかじゃなさそうだし、病気なのかもしれない」

クラウスの答えを聞いたエルリーは、嬉《うれ》しそうに表情《ひょうじょう》を緩《ゆる》めた。

「ふふ。お主ならそう来ると思っていたぞ」

「……ん。ま、それじゃ、行こうか」

ひどく照れくさくなり、クラウスは早足で路地へと入った。

悲鳴は、断続《だんぞく》的に聞こえてくる。二人の人間がもみ合っているようにも聞こえるが、それにしては声は一つである。

その異様《いよう》さに立ちすくんでいると、物陰《ものかげ》から二つの人影《ひとかげ》が出てきた。

「そんな……」

どちらにも、クラウスは見覚えがあった。詠唱士《えいしょうし》組合の問題児と、そして——百年前の、殺人鬼《さつじんき》。

ありえない。八つ裂《ざ》きオーウェンスが現《あらわ》れるのは、人のいない深夜なはずだ。どうして、日が沈《しず》みきる前からいるのか。

辺りに、いつの間にか霧《きり》がかかっていた。『殯の魔霧《フューネラルフォッグ》』の禍々《まがまが》しい副作用が、クラウスたちを取り囲む。

「た、すけて……」

ステイムが、言葉を絞《しぼ》り出した。凄《すさ》まじい力で締《し》め上げられているのだろう、顔色がこの世のものではないような色に変化している。

エルリーの髪《かみ》がふわりと逆立《さかだ》った。魔力解放《まりょくかいほう》の予備《よび》動作とも言える状態《じょうたい》である。

「……くっ」

しかし、魔力が放出されることはなかった。髪が、力を失ったかのように元の位置に戻《もど》る。

なぜ、エルリーが攻撃《こうげき》しなかったのか。その理由は、すぐに分かった。

八つ裂きオーウェンスが、もう片方《かたほう》の手に断魔刀《ペインキラー》を持ち、ステイムの首筋《くびすじ》に突《つ》き立てたのだ。

あてがうなどといった生易《なまやさ》しいものではない。もう少し力を入れれば、たちまちのうちにステイムの首は飛んでしまいかねない。これでは、上手《うま》く八つ裂きオーウェンスを吹《ふ》っ飛ばせたところで、ステイムが無事でいられる保証《ほしょう》はない。

夕日に照らされ、周囲は血の海のように真っ赤である。——うんざりするほど、不吉《ふきつ》だ。

「一体、何のつもりだ」

クラウスの口を、疑問《ぎもん》がついて出た。確《たし》かにステイムは組合員であり、狙《ねら》われる条件《じょうけん》は満たしている。

だが、狙うならば即座《そくざ》に手にかければいいはずだ。なぜに、まるで人質《ひとじち》を取るような真似《まね》をするのか。

「それはね」

ふっと、クラウスたちの前に影が差した。

「君たちが、優先《ゆうせん》順位においてそこの馬鹿《ばか》よりもずっと上なんだ」

ぞっとするほど感情《かんじょう》に充《み》ち満ちた声。理性《りせい》というものが、これっぽっちも感じ取れない。

振《ふ》り返る。異常《いじょう》なほどに歪《ゆが》んでいてなお、この声には聞き覚えがあった。

「どうしたんだい、そんなに驚《おどろ》いて」

ヴァングが、そこにいた。顔をくしゃくしゃにして、笑っている。その手には、先端部《せんたんぶ》にドクロを象《かたど》った杖《つえ》が握《にぎ》られていた。

「まず、そこのエルリー・ハンネマンとかいう少女。君は、僕《ぼく》の右腕《みぎうで》に傷《きず》を付けた。許《ゆる》し難《がた》い罪《つみ》だ。痛《いた》かったんだよ？」

ヴァングが、袖《そで》をまくる。そこには、醜《みにく》く焼けただれた傷跡《きずあと》がくっきりと刻《きざ》まれていた。

「普段《ふだん》袖を下ろしていたからね。怪訝《けげん》がられて苦労したよ。その面倒《めんどう》も罪に加えないといけないな」

ヴァングの声に、苛立《いらだ》ちが混《ま》じり始める。

「本来なら、あの王国詠唱士《えいしょうし》を先に片付《かたづ》けるつもりだった。詠唱士になったくせに、あまっちょろい夢物語《ゆめものがたり》を語っていたあのトピーアとかいう奴《やつ》をね。しかし、そこの小娘《こむすめ》と――クラウスくん、君たちが一緒《いっしょ》なら話は別だ」

「なにを……」

「クラウスくん、本当なら君みたいな落ちこぼれを狙うつもりはなかったんだよ」

だけどね。ヴァングが頬《ほお》をひくつかせる。

「君は、あろうことか、分をわきまえずに自分の将来《しょうらい》について語り出した。許し難い。実に、許し難い」

ヴァングはクラウスを睨《にら》み付けてきた。

「僕はね、君のように何の才能《さいのう》もないくせに将来に希望を持ちたがる奴が一番嫌《きら》いなんだ」

「わけが、分からないよ」

クラウスは、呆然《ぼうぜん》と呟《つぶや》いた。ヴァングが喋《しゃべ》っていることが、全く理解《りかい》できない。

エルリーが、敵意《てきい》を剝《む》き出しにして吐《は》き捨《す》てる。

「簡単《かんたん》なことだ」

「こやつが、通りを騒《さわ》がしている事件《じけん》の真犯人《しんはんにん》ということなのだろう」

ヴァングは何も言わず、ただ笑った。

「そんな、どうして」

「説明する必要はない」

うっとうしそうな口ぶり。ここに現《あらわ》れてからというもの、ヴァングはどこか危《あや》うい不安定さを漂《ただよ》わせている。感情《かんじょう》の浮《う》き沈《しず》みが、あまりに激《はげ》しすぎるのだ。

「心配しなくても、命までは取らない。コティペルト王国刑法《けいほう》に少し目を通せば分かることだけど、詠唱による傷害《しょうがい》と殺人では罪の重さが全く違《ちが》うからね。僕の目的は馬鹿を懲《こ》らしめることであって、人を殺すことじゃない——基本《きほん》的にはね」

彼にしか分からない論理《ろんり》を披露《ひろう》しながら、ヴァングが両手を広げる。

「さあ、始めようか」

どさり、と音がした。絞《し》め落とされたステイムが、地面に放《ほう》り投げられたのだ。

「邪魔《じゃま》だからね、気絶《きぜつ》させておいたよ。後で『眠れる村落《スリーピングヴィレッジ》』をかけておくから、ここであったことは多分何も覚えちゃいない。まあ、万が一なんらかの記憶《きおく》が残っていたとしても、彼の証言《しょうげん》だけでは僕を検挙《けんきょ》することはできない」

「異な事を言う。奴の記憶を奪《うば》ったところで、わしらが警察《けいさつ》に駆《か》け込めばお主の両手は後ろに回るだろう」

エルリーの指摘《してき》に、ヴァングは嬉《うれ》しそうに笑った。

「基本的には、と言っただろう。何も殺さないと言っているわけじゃない。君たちと、あのトピーアとかいう詠唱士は例外だ。命を奪わせてもらう。完膚無《かんぷな》きまでに、想像《そうぞう》しうる限《かぎ》りの絶対《ぜったい》的な形で、ね」

背筋《せすじ》がぞわりと総毛立《そうけだ》つのを感じた。筋道が立っていない話しぶりにはついていけないが、この男が正気ではないことだけは、はっきりとわかる。

「君たちは、僕を本気で怒《おこ》らせた。こんな不愉快《ふゆかい》な気分にさせられたのは本当に久《ひさ》しぶりだよ。だから、僕は姿《すがた》を見せたんだ。君たちには、このヴァング・ヴァーゲルネスに殺害されるという事実を認識《にんしき》してもらう。僕の前で、惨《みじ》めに命乞《いのちご》いをしてもらうんだ」

夕日はほとんど沈《しず》みきったようだ。クラウスたちの間に、薄《うす》い紫色《むらさきいろ》が垂《た》れ込《こ》め始めている。

「愚《おろ》かな。夜遅《おそ》くならいざ知らず、こんな人通りの多い時間帯に騒《さわ》ぎを起こせばすぐに足がつくぞ」

エルリーの言葉に、ヴァングは大げさな動きで肩《かた》をすくめて見せた。

「そんなことを念頭に置かないで僕が動いていたとでも思っているのかい？　随分《ずいぶん》と馬鹿にされたものだ」

続けて、指をぱちんと鳴らす。

「……ぬ、そういうことであったか。不覚を取ったな」

エルリーが、唇《くちびる》を嚙《か》む。

「どうしたの、何があったのさ」

「『砂流の空骸布《サンドブラステッドスキン》』だ。作動の礎《いしずえ》になったのは——それか」

エルリーの視線《しせん》の先には、詠唱教室のチラシがあった。

「ふむ。よく分かったね」

ヴァングが、感心したように頷《うなず》く。

『砂流の空骸布《サンドブラステッドスキン》』。近づく人間が、無意識《むいしき》のうちにその特定の空間を避《さ》けたくなるように設定《せってい》された結界である。

「おそらく、そこの魔力の塊《かたまり》もそのチラシを礎にして組成しおったのだな。……無念だ、今頃《いまごろ》になって気づくとは」

「ばれないように組成式を織《お》り込むのは大変だったよ。組合の連中が信じ込んでくれたから、作業に邪魔《じゃま》が入ることはなかったけど」

そう言って、ヴァングは誇《ほこ》らしげに胸《むね》を反《そ》らした。

これで、八つ裂《ざ》きオーウェンス再来《さいらい》に関する謎《なぞ》がほぼ完全に解《と》けたわけである。街中にあるチラシが、八つ裂きオーウェンスを呼《よ》び出す鍵《かぎ》となっていたのだ。

「さあ、ご託《たく》はこれくらいにしよう。あまり時間を延《の》ばしてしまっては、小うるさい王国詠唱士《えいしょうし》どもが嗅《か》ぎつけないとも限《かぎ》らない」

ヴァングが、杖《つえ》を高く掲《かか》げる。

それとほぼ同時に、クラウスたちの後ろで気配が移動《いどう》した。

「そう上手《うま》くいくと思うでないぞ」

エルリーの髪《かみ》が、再《ふたた》び逆立《さかだ》つ。八つ裂きオーウェンスがステイムを手放した今、遠慮《えんりょ》することはない。

「その台詞《せりふ》は、そのままお返ししてやろう。昨日は手を抜《ぬ》きすぎていた。杖無しではやはり『殯の魔霧《フューネラルフォッグ》』の神髄《しんずい》を発揮《はっき》できないようだ」

色濃《いろこ》くなる一方の闇《やみ》に包まれながら、ヴァングが杖を何度も振《ふ》る。

「クラウス、下がっておれ」

エルリーのその言葉が終わるか終わらないかのうちに、風圧《ふうあつ》が二人の間を駆《か》け抜《ぬ》けた。

「……ぬう、これが本来の力というわけか」

焦燥《しょうそう》が混《ま》じった声。エルリーにしては珍《めずら》しく、動揺《どうよう》しているらしい。

「この杖は無銘《むめい》だけど、開発者であるグリシュ・ニモスが『殯の魔霧《フューネラルフォッグ》』のためだけに調整を重ねた逸品《いっぴん》なんだ。手に入れるのは苦労したよ。とある馬鹿《ばか》な収集家《しゅうしゅうか》が死蔵《しぞう》していてね、引きずり出すのが面倒《めんどう》で面倒で」

手にした杖を、自慢《じまん》げにヴァングが見せびらかす。

八つ裂きオーウェンスの姿《すがた》は、完全に消えていた。少なくとも、クラウスにはそうとしか見えなかった。

時折、地面や壁《かべ》がだんだんと音を発する。八つ裂きオーウェンスの着地音だろうか。

「くっ……」

エルリーが身を伏《ふ》せた。その上を、風が通りすぎる。金色の髪が数本はらはらと舞《ま》う。

「不利だな」

短くエルリーが呟《つぶや》く。

「クラウス、逃《に》げるぞ。対抗《たいこう》するにはそれなりの準備《じゅんび》が――」

その時、冷たい感覚がクラウスの頬《ほお》を撫《な》でた。

「クラウス！」

エルリーの顔が、真っ青に変わる。

「な、どうしたの……？」

頬《ほお》に触《ふ》れてみる。温かく、ぬるりとした感触《かんしょく》。

指を目の前に持ってきて、クラウスは愕然《がくぜん》とした。

「血――？」

真っ赤に染《そ》まっている。いったい、いつの間に切られたというのか。

「あははは！　何を呆《ほう》けているんだ、早く逃げないと！　八つ裂きオーウェンスに刻《きざ》まれてしまうよ！」

ヴァングの哄笑《こうしょう》が、耳をつんざく。

体が震《ふる》える。おそらくはあえて外したのだろう。その気になれば、あっという間にクラウスを血祭りに上げることが出来るに違《ちが》いない。

「貴様《きさま》、よくも……」

エルリーが、体をわななかせた。

『una-mia,nast anit——』

「駄目《だめ》だっ！」

必死になって、エルリーを制《せい》する。

エルリーが今発動しようとしたのは、闇魔術《やみまじゅつ》だ。クラウスが傷《きず》つけられたことで、怒《いか》り心頭に発してしまったのだろう。

だが、それだけはやってはいけない。エルリーの体に大きな負担《ふたん》をかける上に、現代《げんだい》ではその使用が厳《きび》しく禁《きん》じられている。下手《へた》すれば、エルリーは重い罪《つみ》を科せられてしまう。

「しかし、ではどうしろというのだ。これ以外に、奴《やつ》に対応《たいおう》する手段《しゅだん》は……」

「どうしたどうした、仲間割《なかまわ》れかい？」

ヴァングが愉快《ゆかい》そうに言った。いつの間にか、その傍《かたわ》らに八つ裂きオーウェンスが手を地面に垂《た》らすようにして立っている。

向こうが仕掛《しか》けてこない理由は簡単《かんたん》だ。クラウスたちが動揺《どうよう》している様を楽しもうというのだろう。猫《ねこ》が瀕死《ひんし》の鼠《ねずみ》を突ついては逃がすように、もてあそぶつもりにちがいない。

完全な窮地《きゅうち》である。このままでは、殺されてしまう。

死にたくない。あまりに理不尽《りふじん》である。どうして、こんなところで殺されなければならないのか。怒りとも怯《おび》えともつかない感情《かんじょう》が、クラウスの内側で暴《あば》れる。周囲には、もう真っ暗といってもいいほどに夜が支配《しはい》している。月明かりがなければ、多分互《たが》いの顔を認知《にんち》することもおぼつかないだろう。

——月明かり。クラウスの心に、僅《わず》かだけ希望が芽生えてきた。

まだ、手がないわけではない。

「お前みたいな奴が相手なら、何も協力する必要はないからな」

語尾《ごび》が震《ふる》えないよう細心の注意を払《はら》いながら、クラウスはヴァングを挑発《ちょうはつ》した。乗ってくるか、こないか。全《すべ》てはそこにかかっている。

しばらく、ヴァングはぴくりとも動かなかった。予想だにしない反応《はんのう》に驚《おどろ》いてしまったのだろう。

ややあって、火がついたように笑い出す。

「おいおいおいおいおい、待ってくれよ！　馬鹿《ばか》だ馬鹿だとは思っていたが、救いようがないほどとはね！」

クラウスは確信《かくしん》する。エルリーはともかく、クラウスのことは戦力として見られていない。この前の自作詠唱を見られている以上無理もないのだろうが、これはすなわち好機だ。

「試《ため》してみないと、分からないよ」

挑発を続行する。匙加減《さじかげん》が、あまりに難《むずか》しい。腹《はら》の中心辺りに、痛《いた》みともつかえともつかない気持ち悪さがわだかまる。

「不愉快《ふゆかい》だ」

笑うのを、ヴァングはぴたりとやめた。

「何の才能《さいのう》もないくせに調子に乗るとは。それだけで万死に値《あたい》する。いいか、取り消すなら今のうちだ。そうすれば、普通《ふつう》に殺すだけにしておいてやる」

『月神カグヤ、全てを見守り全てを赦《ゆる》す虚空《こくう》の女神《めがみ》よ！　我《わ》が望み、我が願い、我が訴えに耳を貸《か》したまえ！』

ヴァングの言葉には取り合わず、クラウスは詠唱《えいしょう》を始めた。杖《つえ》を構《かま》え、高らかに。

「まあ、いいだろう。好きなだけ抵抗《ていこう》させてやる」

思い通りの展開《てんかい》だ。あれだけクラウスたちをいたぶることに執念《しゅうねん》を燃《も》やしているような発言をしていたヴァングだから、少しつつかれればこういう風に考えてもおかしくはない。

『月の呪縛《じゅばく》を逃《のが》れんために、陽《よう》の瀑受《ばくじゅ》を今ここに！』

詠唱を続ける。ヴァングが気変わりしないこと、それだけを必死で願う。

『月の奏《かな》でる妙《たえ》なる光、我《われ》その力を借り受けて！　ここに奇蹟《きせき》を顕《あらわ》せしめん、月神カグヤ

の名の下に！　月呪顕現《げつじゆけんげん》、想呪具現《そうじゆぐげん》！』

詠唱を、発動させた。月の光の力を借りた、起死回生の一発勝負が幕《まく》を開ける。

立ちこめていた霧《きり》が薄《うす》くなっていく。徐々《じよじよ》に、しかし確実《かくじつ》に。

充満《じゆうまん》する禍々《まがまが》しい瘴気《しようき》を、月の光が洗《あら》い流すかのようだった。どこか異界《いかい》のような空気を発していた路地裏《ろじうら》が、みるみるうちに元の姿《すがた》へと戻《もど》っていく。

実体として光を感じる、そんな錯覚《さつかく》をクラウスはおぼえる。

暖《あたた》かく包み込まれるかのような。優《やさ》しく撫《な》でられるかのような。

神々が二つに分かれて戦った諸神正邪《スタンド・アブレイズ》の御戦の後。神々が去った大地を、燃《も》える松明《たいまつ》である太陽は父として、輝《かがや》くランプである月は母として見守り続けた——そんな神話が、クラウスの脳裏《のうり》をよぎる。

確《たし》かに、月の光からは母性《ぼせい》を感じる。全てを包み込んでくれるような、温《ぬく》もりを。

おそらくは。クラウスは、ふと場違《ばちが》いなことを考える。

おそらくは、そのことに気づけたからこそ、この詠唱は完成したのかもしれない——

「……なんだ？」

ヴァングの顔に、微《かす》かに戸惑《とまど》いの色が浮《う》かんだ。気づいてくれるな、必死でそう祈《いの》る。

変化は、突然《とつぜん》だった。

八つ裂《ざ》きオーウェンスが、その場に膝《ひざ》をついたのだ。

「どうした、何があった⁉」

ヴァングの戸惑いは、完全に動転へと姿を変えていた。

当たり前かもしれないが、八つ裂きオーウェンスから苦悶《くもん》の色は窺《うかが》えない。しかし、クラウスの詠唱に影響《えいきょう》を受けているのは間違いなかった。

魔力《まりょく》の塊《かたまり》であれば、この詠唱が効果《こうか》的なはずである。その予測《よそく》は、当たったらしい。

「くそっ……貴様《きさま》何をした！」

ヴァングの怒鳴《どな》り声が響《ひび》いた。

答える必要はない。意識《いしき》を保《たも》つことに、全力を注ぐ。

以前発動させたときよりも、効果がかなり低い。本来なら、世界最高峰《さいこうほう》の詠唱学府であるホフマン魔術《まじゅつ》学院の卒業生が発動させた結界を一瞬《いっしゅん》にして消し去ることさえ可能《かのう》なのだ。

いかに『殯の魔霧《フューネラルフォッグ》』が高度な詠唱といっても、強度の面ではあの光の柱には比肩《ひけん》することもできない。それを瞬時に崩《くず》せないということは、詠唱が十分にその本領《ほんりょう》を発揮《はっき》できていないのだ。

クラウスは空を見上げる。半分以下にまで欠けた月が、建物の陰《かげ》から少しだけその姿を覗《のぞ》かせているのが視界《しかい》に入った。

突然できてしまっただけあって、この詠唱はクラウスにとっても半分未知の存在《そんざい》である。

とりあえず効果程度《ていど》は理解《りかい》できているが、その他の特性は分からないに等しい。

推測《すいそく》するなら、月の満ち欠けに効果が左右されてしまうというところだろうか。そういえば、以前発動したときは即座《そくざ》に魔力を使い果たしてしまい、こんなことを考えている余《よ》裕《ゆう》さえもなかったような気がする。

「動け、動かないか！　どうして、なぜ言うことをきかないのだ！」

ヴァングが喚《わめ》き散らす。ほとんど駄々《だだ》っ子のようだ。

八つ裂きオーウェンスの姿が霞《かす》んでいく。影が、光にのみ込《こ》まれるように。

『カヴァ＝デイル！　火焔《かえん》を統《す》べる双頭《そうとう》の蛇《へび》よ！　紫深《ししん》の平野を焼き払《はら》うがごとく、貴伸《きしん》の明夜を薙《な》ぎ払うべし！　業炎垂崩《ごうえんすいほう》、惣厳槌亡《そうげんついぼう》！』

ヴァングが詠唱した。しかし、杖《つえ》から噴《ふ》き出した炎《ほのお》はあまりに貧弱《ひんじゃく》で、クラウスの元にさえ届《とど》かない。

「ふざけるな、どうしてこんな奴《やつ》の詠唱で僕《ぼく》の『殯の魔霧《フューネラルフォッグ》』が封《ふう》じられないといけないんだ！　ありえない！　ありえてたまるか！」

もはや、ヴァングは半狂乱《はんきょうらん》である。

「お主はクラウスを甘《あま》く見すぎたのだ」

そんなヴァングに、エルリーが冷たい言葉を浴びせる。

「相手を侮《あなど》ると、痛《いた》いしっぺ返しを食らうことになる。かく言うわしも、似《に》たようなことをしでかしてクラウスの世話になったのだがな」

ヴァングの顔が、醜《みにく》く歪《ゆが》んだ。

「偉《えら》そうに……僕を馬鹿《ばか》にしたな！　許《ゆる》さない、許さないぞ！」

その悲鳴に近い叫《さけ》びとは裏腹《うらはら》に、八つ裂きオーウェンスはもう目をこらさないと見えないほどに希薄《きはく》にされ。

そして、遂《つい》に跡形《あとかた》もなく消え去った。

主《あるじ》を失った断魔刀《ペインキラー》が地面に落ち、からんと音を立てる。

あとに、月の光だけが残った。

クラウスは、魔力の供給《きょうきゅう》を止めた。結界が解除《かいじょ》され、同時にどっと疲労《ひろう》感が体にのしかかってくる。

「ふ、ふふ……」

ヴァングが、小刻《こきざ》みに体を揺《ゆ》らしている。

「あは、ははっはあは！」

何かに取り憑《つ》かれたような、けたたましい笑い声。

「ヴァング・ヴァーゲルネス。見苦しい真似《まね》はおやめなさい」

どこからか、芯《しん》の通った清冽《せいれつ》とさえ表現できそうな声が聞こえてきた。

「あなたを、クレメンテ通り連続傷害事件《しょうがいじけん》及《およ》び骨董品収集家《こっとうひんしゅうしゅうか》オリヴァー・ヴァンス・アートマン宅強盗《たくごうとう》の罪《つみ》により捕縛《ほばく》します。また、公共の場で『砂流の空骸布《サンドブラステッドスキン》』を使用することはコティペルト王国結界管理法に違反《いはん》していますので、そちらについても取り調べを受けて頂《いただ》きます。身柄《みがら》は即座《そくざ》に王国警察《けいさつ》へ引き渡されるので、そのつもりで」

トピーアだった。ヴァングを挟《はさ》んでクラウスたちと対称の位置で、仁王立《におうだ》ちしている。

その姿《すがた》が、クラウスには実際《じっさい》よりもずっと大きく見えた。気迫《きはく》が、体全体から発散されているのだ。

「な、んだと……」

同じように感じたのだろう。ヴァングがたじろぐ。

「あなたのことについて、少々調べさせてもらったのですが、その結果大変興味深《きょうみぶか》い事実が浮《う》かび上がってきました」

トピーアの目は、真っ直《す》ぐヴァングに向けられている。

「あなたは、かつて王国詠唱士《えいしょうし》を目指して試験を受けていましたね。しかし、三回にわたる挑戦《ちょうせん》にもかかわらず実力が認《みと》められることはなかった。当時の資料《しりょう》を調べると『個性《こせい》不足』の評価《ひょうか》がなされています。

そして、あなたは王国詠唱士の道を諦《あきら》め詠唱士組合の講師《こうし》へ転進しました。周囲には現《げん》実《じつ》的な選択《せんたく》をとったという風に受け止められていましたが、本当は違《ちが》う目的があった」

「ああそうさ、その通りだよ！」

唸《うな》るように、ヴァングが答える。

「僕《ぼく》のこの怒《いか》りを吐《は》き出す必要があった。何かにぶつける必要があった。僕を軽《かろ》んじた、僕のことを認めようとしなかった、僕のことを完全に無視《むし》した詠唱士界にどうしても復讐《ふくしゅう》しなきゃいけなかったんだ！」

怒声《どせい》――否《いな》、悲鳴だった。暴走《ぼうそう》する感情《かんじょう》が、ヴァングの口から言葉となってとめどなく流れ出していた。

「僕は成功するはずだった。成功するはずだったんだ！　小さい頃《ころ》から、僕は周りのぐずどもにいつも差をつけていた。何をやっても誰《だれ》にも負けやしなかった！　それがどうだ、詠唱士試験なんていう下らない物差しのせいで何もかもをなくしたんだ！　誇《ほこ》りも、周囲からの敬意《けいい》も！」

「今回の連続通り魔《ま》事件の被《ひ》害者《がいしゃ》には、組合員である上にもう一つ共通点があった。それは、いずれも学習面において大変熱心だったということです」

ヴァングが発する悪鬼《あっき》のような雰囲気《ふんいき》にも全くひるまず、トピーアが言葉を続ける。

「王国警察に連絡《れんらく》し、組合及びあなたの住居《じゅうきょ》を強制捜査《きょうせいそうさ》したところ、こんなものが出てきました」

トピーアが懐《ふところ》から取り出したのは、一冊《さつ》の帳面だった。

「これには、組合員の名前がびっしりと書き付けられています。組合に確認《かくにん》したところ、いずれも優秀《ゆうしゅう》な生徒ばかりだという答えが返ってきました」

帳面をしまうと、トピーアは再《ふたた》びヴァングに目を向ける。

「あなたは怒《いか》りを直接《ちょくせつ》詠唱士に向けるということをせず、希望を持って努力する人間を標的にした。その屈折《くっせつ》ぶりには正直呆《あき》れます。

一生懸命《けんめい》な人たちを痛《いた》めつけるために組合へ就職《しゅうしょく》し、自身が得意とした『殯の魔霧《フューネラルフォッグ》』を磨《みが》き上げた上で、チラシの装飾《そうしょく》を引き受け結界の礎《いしずえ》となるよう細工した。全《すべ》ては計算通りに進んでいましたね、少なくとも僕を狙《ねら》うまでは。いったいどういうつもりかわかりませんが、僕を狙ったのは明らかに誤算《ごさん》です。弱い者いじめに慣《な》れてしまったせいで、自身の分を見誤《みあやま》ったのですね」

ヴァングは何も言わない。ただ、歯ぎしりの音をぎりぎりと響《ひび》かせている。

「僕を仕留《しと》め損《そこ》なった上に、エルリーさんに手傷《てきず》まで負わされた。歯車は完全に狂《くる》いました。焦《あせ》ったあなたは、自分を目撃《もくげき》したかもしれないそこの二人を消そうと考えた——そんなところですか？」

「違う！　僕は、そんな下らない理由でこいつらを狙ったんじゃない！」

ヴァングが、クラウスを睨《にら》み付けてきた。

「こいつが、この能無《のうな》しが、ふざけたことをぬかすから、身の程《ほど》を分からせてやろうと思ったんだ！」

「言っていて恥《は》ずかしくないのか」

エルリーが、溜息《ためいき》をついた。

「よいか。理解《りかい》したくないのならしっかりと言葉にしてやろう。お主は、これまで嘲《あざけ》ってきたクラウスに敗《やぶ》れたのだ」

ヴァングが絶句《ぜっく》する。

「そもそも、今聞いた話が確《たし》かなら、お主はたった三回の挫折《ざせつ》で自分の夢《ゆめ》に見切りをつけたのだろう。クラウスはそれ以上の失敗にもめげず、努力を続けているのだ。その時点で、お主の敗北は決定的というものだな」

「う、ああああ！」

エルリーのつきつけた現実に精神《せいしん》が耐《た》えきれなかったのか。ヴァングが絶叫《ぜっきょう》した。

おそらく、彼を歪《ゆが》めてしまったのがこの脆《もろ》さなのだろう。現実とは常《つね》に過酷《かこく》なものだ。時として理不尽《りふじん》でさえある。

そんな現実に立ち向かう力が、彼には足りなかったのだろう。だから、あまりに極端《きょくたん》すぎる方法で現実を否定《ひてい》したに違いない。

そういう意味では、哀《あわ》れだと言えないこともない。少しだけ――本当に少しだけ、クラウスは彼に同情《どうじょう》した。その内側に渦巻《うずま》いているであろう感情が、百分の一だけでも分かるような気がしたからだ。

「お二人とも、到着《とうちゃく》が遅《おく》れまして申し訳《わけ》ありません。その責任《せきにん》を取るためにも、ここで僕たち王国詠唱士《えいしょうし》がこの男を仕留めます」

トピーアが、ゆっくりと杖を構える。

『去りし命を呼《よ》び戻《もど》し、ありし仕置きを彫《ほ》り下ろす！　かかる魔《ま》霧《む》は澱《よど》みし呪宴《じゅえん》、然《しか》る狭《きょう》霧《む》は挑《いど》みし綬片《じゅへん》！』

ヴァングの口から詠唱が飛び出す。織《お》り込まれている単語からみて、おそらく『殯の魔霧《フユーネラルフォッグ》』だ。性懲《しょうこ》りもなく、また八つ裂《ざ》きオーウェンスを呼び出すつもりらしい。

『固き壁《かべ》にも瑕瑾《かきん》あり、暗き闇《やみ》にも火錦《かきん》あり！』

しかし、ヴァングは詠唱を完成することが出来なかった。

『言の葉奪《うば》えるその御魂《みたま》、殊《こと》の破《は》として閃《ひらめ》かす！　破言蒙等《はごんもうとう》、些言防孔《さごんぼうこう》！』

トピーアが、『言の消犯《ロスファーワーズ》』で妨害《ぼうがい》したのだ。迸《ほとばし》る光に口を塞《ふさ》がれ、ヴァングが顔色を変える。

『その身その足その姿《すがた》、あまさず石と変えしめん。意志《いし》を奪《うば》いし真《まこと》の片歌《かたうた》、菱《ひし》となさしめ今晴らしめん。撫《ぶ》石紋正《せきもんせい》、宇易御衛《うえきおんえい》』

続いて、別の詠唱が流れてくる。男性の声だ。無機質《むきしつ》なほどに、落ち着いている。

ヴァングの周囲に、白い靄《もや》がかかった。ヴァングの姿が見えないほどの濃《こ》さである。靄はどんどんと収束《しゅうそく》し、ヴァングを包んでいく。

その靄が消えた後に、一つの石像《せきぞう》が姿を現《あらわ》した。顔も体型も、ヴァングそのものである。

「上手《うま》くいったな」

無愛想《ぶあいそ》な声が、トピーアの後ろから聞こえてきた。

「後は、警察《けいさつ》に引き渡《わた》すだけか」

声の主は、岩壁《がんぺき》を彷彿《ほうふつ》とさせるほどに険《けわ》しい顔つきの男性《だんせい》だった。首からは、『愚者の鎖《バスタードチエイン》』が下げられている。体つきが立派《りっぱ》なこともあって、トピーアがつけているそれより随分《ずいぶん》と小さく見える。

「クラウスさん、エルリーさん。もう大丈夫《だいじょうぶ》ですよ。この人の『軛の石塔《ストーンタワー》』は一度決まれば『再誕《さいたん》のファラスキ』だって解除《かいじょ》できません」

トピーアが言う。コティペルト王国史上に残る大詠唱士を引き合いに出すあたり、よほど高い効果《こうか》と持続性《じぞくせい》を有しているのだろう。

「世辞はいい」

短くそう言うと、男は石化したヴァングを軽々と肩《かた》に担《かつ》いだ。

「警察に連れて行く。……おい、レミーン。もう済《す》んだぞ。怪我人《けがにん》の手当てを」

全く重さを感じていないような足取りで、男はすたすたと行ってしまう。

「……はっ、はい！　わかりました！」

通りの方から、怯《おび》えたような声が聞こえてきた。何事かとクラウスが目を向けると、一人の女性がおっかなびっくりこちらにやってきていた。

髪《かみ》を後頭部で二つに束《たば》ねている。自信なさげな視線《しせん》は、ちらちらと彷徨《さまよ》い一点に落ち着かない。

彼女も首から鎖《くさり》を下げているところから考え合わせるに王国詠唱士なのだろうが、その風格《ふうかく》らしきものがまったくない。下手したら、トピーア以上に「らしく」ない。

「えっと、そちらの方は大丈夫ですか？」

女性が、クラウスに訊《たず》ねてきた。

「ええ、詠唱の使いすぎで、ちょっとくたびれちゃっただけで」

「魔力消耗《スティンド》、ですか……」

心配そうにそう言うと、座《すわ》りっぱなしだったクラウスの横に女性はしゃがみ込《こ》んできた。

「ちょっと、失礼しますね」

女性の手が伸《の》びてきて、クラウスの額《ひたい》と首筋《くびすじ》に触《ふ》れた。ひんやりとしていて心地《ここち》いい。

『響《ひび》く悲哀《ひあい》を慈愛《じあい》で包み、続く怒《いか》りを光でなだむ。内なる流れを開き埋《う》め、無知なる鋼《はがね》を拓《ひら》き踏《ふ》む。魔流雄遊《まりゆうゆうゆう》、阿隆諷風《ありゆうふうふう》』

女性が、歌うように言葉を紡《つむ》ぐ。治《ち》癒《ゆ》詠唱だ。

「……あ、れ？」

体が、急に軽くなったような気がする。クラウスは目をぱちくりさせた。

「魔力の流れを活性化しました。大分楽になったでしょう？」

「はい、なんか嘘《うそ》みたいだ」

おそるおそる立ち上がってみる。足元がふらつくこともなく、しっかりと立つことが出来た。

「それはよかったです。次は、こっちの人かな」

女性は、地面にひっくり返ったままずっとほったらかしにされていたステイムに近づいていった。

「すごいでしょう」

トピーアが、クラウスの隣《となり》に並《なら》んでくる。

「うん、たった一つの治癒詠唱《えいしょう》でこんなに回復《かいふく》するなんて……」

「彼女、まだ詠唱士になりたてなんですけど、治癒詠唱に関してはもう一人前なんですよ」

自慢《じまん》げな口調である。自分の仲間が誇《ほこ》らしいのだろう。

「あとは、もう少し王国詠唱士らしい風格というかそういうものが身に付けば――」

「きゃあああ!?」

突然《とつぜん》、さっきの女性詠唱士の悲鳴が耳に飛び込んできた。

「殺される、嫌《いや》だー!」

一緒《いっしょ》になって、ステイムの声も聞こえる。

何事かと目をやってみると、二人がもみ合っているのが見えた。いや、恐慌《きょうこう》をきたしたステイムが女性に抱《だ》きついているといった方が正しいようだ。

「やだっ、離《はな》して下さい! もう、これだから男の人ってきらいっ!」

「死にたくないよぉぉおぉ」

「……やれやれ」

トピーアは呆《あき》れたように溜息《ためいき》をつくと、詠唱を始めた。

『眠《ねむ》れ、眠れ、迷《まよ》える者よ。踊《おど》れ、踊れ、仮借《かしゃく》の夢《ゆめ》に。歌え、歌え、忘却《ぼうきゃく》の詩《うた》を。刻《きざ》め、刻め、現《うつつ》の眠り。睡夢《すいむ》応探《おうたん》、唯無《ゆいむ》江散《こうさん》』

ステイムがばったり倒《たお》れ、その場でいびきをかきだす。

「『眠れる村落《スリーピングヴィレッジ》』をかけておきました。後遺症《こういしょう》はまぬがれられませんが、まあお仕置きです」

そう言って鼻を鳴らすトピーアに、女性が泣きながら抱きついた。

「トピィちゃーん怖《こわ》かったよぅ」

「よしよし。もう大丈夫《だいじょうぶ》ですよ」

なんとも苦笑《くしょう》を誘《さそ》われる光景である。

「じゃ、僕たちはこれで。もしかしたら、警察《けいさつ》の方から事情聴取《じじょうちょうしゅ》があるかもしれませんので、心の準備《じゅんび》だけはしておいて下さい」

女性の頭を撫《な》でながら、トピーアが言う。

「取り調べかぁ……なんか不安だな」

「あはは。心配要《い》りませんよ。暗黒時代《ブラックナイト》の頃《ころ》ならいざしらず、最近の警察は民間人に親切です」

そこでトピーアは言葉を切り、ふと顎《あご》に手を当てた。

「……そういえば、八つ裂《ざ》きオーウェンスが消滅《しょうめつ》したのは、やっぱりクラウスさんが？」

「ん？　まぁ、確《たし》かにそうといえばそうだけど……」

トピーアが嬉《うれ》しそうに笑う。

「やっぱり。クラウスさんが本気を出せば、あんな人なんて目じゃないんですよ」

戸惑《とまど》うクラウスに背《せ》を向けると、トピーアは女性《じょせい》を連れて歩き去る。

「王国詠唱士になったクラウスさんと一緒に戦えるようになる日を、楽しみにしてますよ」

最後に、そんな言葉を残して。

「参っちゃうな……」

クラウスは首をかいた。どうにもむずがゆい。

「でれでれしおって。お主が見境無《みさかいな》しということはよくわかったぞ」

エルリーが、腕《うで》を組んで睨《にら》み付けてきた。

「いや、それは誤解《ごかい》で……」

「ぬけぬけと。さっき治療《ちりょう》を受けていたときもだらしない顔をしておったではないか！」

そんな顔をしていたのだろうか。自覚はないが、もしかしたら表情が弛緩《しかん》してしまっていたかもしれない。なにせあの指先は冷たくて気持ちがよかったのだ。

「……さては感触《かんしょく》を思い出しておるなこの助平《すけべえ》が！　たわけ！　知らぬ！」

エルリーが通りに出てしまった。

「待てよ、それはだな……」

「ええい、しつこい男だ」

追いかけてくるクラウスを一瞥《いちべつ》もせず、エルリーは先へ先へと行ってしまう。

「……まぁ、よいか。とりあえずはこの程度《ていど》で勘弁《かんべん》してやる」

いきなりエルリーが態度《たいど》を軟化《なんか》させたのは、そろそろ『ハンネマン』に着こうかという頃合《ころあ》いだった。

「よく頑張《がんば》った。ほめてつかわす」

唐突《とうとつ》すぎてさっぱりついていけない。まったくもって、女心というのはわからないものだ。

「わしの言ったとおりであろう。お主の詠唱の力は、捨《す》てたものではないのだ」

「そうかなぁ……」

「もっと自信を持て。お主は勝ったのだぞ」

エルリーが背中《せなか》を叩《たた》いてきた。

「やれやれ。まぁ自信満々のお主というのも気持ち悪いものがあるがな。……では、もうこの辺でよいだろう。送ってくれて感謝《かんしゃ》する」

クラウスにはそんなつもりはなかったのだが、エルリーは送ってくれていたものだと勘《かん》違《ちが》いしたらしい。

「あ、うん……」

「気をつけて帰るのだぞ。これからも頑張ることだ。……さて、かなり遅《おそ》くなってしまった。筋肉女《きんにくおんな》が頭に角を生やしている様子が目に浮《う》かぶ」

手を上げると、エルリーは駆《か》け去ってしまった。

一人残され、何をするでもなくクラウスは空を見上げる。

欠けた月は、随分《ずいぶん》と高い位置まで昇《のぼ》っていた。

エルリーの言葉とトピーアの言葉が、交互《こうご》に脳裏《のうり》に浮かび上がってくる。

少し前の自分なら、気休めだと心を閉《と》ざし耳を塞《ふさ》いでいただろう。

しかし、今は違った。素《す》直《なお》に受け止めて、素直に嬉しいと思うことができた。

才能《さいのう》が全《すべ》てではないということに、気づけたからなのだろう。トピアのおかげである。たとえ基礎魔力《きそまりょく》が低くても、それを補《おぎな》うことはできるのだ。勇気が、体の底から湧《わ》いてくる。

ここ最近、自分が過剰《かじょう》に評価《ひょうか》されていると悩《なや》み続けていた。だが、そこで悩むのは間違っているのだ。

他の人が評価してくれる部分に少しでいいから自信を持ち、そこを伸《の》ばすように努力する。それこそが、真に大事なことだったのだ。自分には、自分のいいところがある。今更《いまさら》――本当に今更、気づくことができた。

「……頑張るか」

自らにそう言い聞かせながら、クラウスは家へと向かって歩き出した。

終　章　農園大進化　Where The Plants Grows

「いやあ、酷《ひど》い目に遭《あ》いました」

病室のベッドの上で、髭面《ひげづら》の青年は豪快《ごうかい》に笑った。

「命に別状《べつじょう》がないようで何よりです、ランジィさん」

つられてクラウスも笑顔《えがお》になる。

「お医者様が言うには、自分の生命力は魔獣《まじゅう》並みだそうで。明日には薬物治療《ちりょう》から詠唱《えいしょう》治療へ移《うつ》してもらえるそうです」

「それはよかった」

安堵《あんど》の溜息《ためいき》が漏《も》れる。彼が八つ裂《ざ》きオーウェンスの犠牲《ぎせい》になったと聞いたときは気が気でならなかったが、この様子なら大丈夫《だいじょうぶ》そうである。

「僕《ぼく》が思うに、ここには美人の助手さんがたくさんいますからね。そのお陰《かげ》でしょう」

下らないことを言って、ランジィは再《ふたた》び笑う。とても怪我人《けがにん》だとは思えない。

「しかし、クラウスさんが組合をやめてしまうとは……驚《おどろ》きです」

ふと、ランジィが寂《さび》しそうな表情《ひょうじょう》を作った。

「はい、色々と思う所がありまして。詠唱士になることを諦《あきら》めたわけではないですよ」

素直《すなお》に答える。

「そうなんですか……まあ、そこら辺の考え方は人それぞれですからね」

そう言いながらも、ランジィの顔色は晴れない。

「定期検診《けんしん》のお時間ですー」

その時、一人の助手が病室に入ってきた。なるほど、確《たし》かに美人である。

「それじゃ、僕はここらへんで失礼します」

言いながら、クラウスはかけていた椅子《いす》から立ち上がった。

「わざわざお見舞《みま》いありがとうございました。退院《たいいん》したら、お酒でも一緒《いっしょ》にどうですか？」

ランジィが、そんなことを言ってくる。

「ああ、いいですね。僕はあまり飲めませんが、素敵《すてき》なパブを知ってますよ」

クラウスの返事に、ランジィはようやく嬉《うれ》しそうに微笑《ほほえ》んだ。

「楽しみにしていますよ。地元じゃ底なしの酒樽《さかだる》なんて言われたもんです」

何となく、不安を煽《あお》られる言葉である。酒でおかしくなる人間はクラウスの周りに多い。

これ以上増《ふ》えられてはたまったものではない。

「はは、あはは……」

自分の内心を適当《てきとう》に笑って誤魔化《ごまか》すと、クラウスは病室から出たのだった。

王国治療院を後にすると、クラウスはこの前金貨を預《あず》けた骨董品屋《こっとうひんや》へと向かった。さばけたかどうか確認《かくにん》するためだ。組合をやめたが、金がいらなくなったわけではない。

その道すがら、クラウスはふと足を止めた。掲示板《けいじばん》が目に入ったのだ。

コティペルト王国にいくつかある新聞社は、王都のあちこちに無償《むしょう》で掲示板を立てて様々な出来事を伝えている。もちろん、正規《せいき》の新聞に比《くら》べると情報量《じょうほうりょう》が少ないが、金のないクラウスにはありがたい仕組みだ。

クラウスがいつも利用しているのは、新聞社の中でももっとも大手である『ドラコニアン・タイムズ』の掲示板である。情報に偏《かたよ》りがなく、幅広《はばひろ》いというのがその理由である。

掲示板の前には、沢山《たくさん》の人が群《むら》がっている。おそらく、新しい内容《ないよう》が発表されたばかりなのだろう。

その人混《ひとご》みに紛《まぎ》れながら、クラウスは掲示板を見上げた。

『八つ裂《ざ》きオーウェンス、御用《ごよう》』

一番目につくところに、そんな見出しがでかでかと記されている。

『私怨《しえん》から詠唱を悪用し五人の人間に重傷《じゅうしょう》を負わせたとして、王国警察《けいさつ》は七日、傷害《しょうがい》の疑《うたが》いで王都ヘールサンキ・テンペスタ通り、詠唱講師《こうし》、ヴァング・ヴァーゲルネス容疑者《ようぎしゃ》（二十一）を逮捕《たいほ》した。ヴァーゲルネス容疑者は取り調べに対し、『馬鹿《ばか》を懲《こ》らしめるためにやった。今は反省している』などと供述《きゅうじゅっ》している。ヴァーゲルネス容疑者は先月発生した骨董品収集家宅強盗事件《しゅうしゅうかたくごうとうじけん》の犯人《はんにん》とも見られており、王国警察は厳《きび》しく追及《ついきゅう》する方針《ほうしん》』

数日前、クラウスはエルリーやイルミラと一緒《いっしょ》にルドルフから事件について事情聴取《じじょうちょうしゅ》を受けた。その際《さい》、他人に話をしないようにと口止めされたのだが、今日になって情報公開することになったらしい。

事件のことを思い返す。昨日のことのようでもあり、ずっと遠い昔のことのようでもある。

誰《だれ》かに、面と向かって殺意を明らかにされたのは初めてだった。怒《いか》りよりも何よりも、ひたすらに怖《こわ》かった。今でも、思い返すたびに薄《うす》ら寒い気持ちになる。

エルリーやイルミラに被害が出なくて、本当によかった。心から、そう思う。

一通り目を通してから、次の記事に移《うつ》る。

なんでも、巡幸中《じゅんこうちゅう》の国王が癇癪《かんしゃく》を起こして帰国したらしい。現在《げんざい》の国王はもう即位《そくい》してから三、四年になるはずなのだが、未《いま》だに時々こういう騒《さわ》ぎを起こす。政治《せいじ》のことはよくわからないが、少々気が滅入《めい》る話だ。

その隣《となり》には、『お手柄《てがら》王国警察官、空き巣を三日連続で四人逮捕』という見出しとともに軟派《なんぱ》そうな顔つきの警察官の似顔絵《にがおえ》が描《えが》かれている。クレメンテ通りの新たな英雄《えいゆう》らしい。これまたぐったりさせられる。何かもっと明るい報道はないものか。

隅《すみ》の方に、小さな記事がある。大体こういう位置にあるのは、高いところに登ってしまった猫《ねこ》が助けられたとか、どこかの家庭で五つ子が生まれたとかいったほのぼのした内容である。少しでも心を和《なご》まそうとクラウスは目をこらした。

『王都の東に位置するクイーンズライク収容所《しゅうようじょ》から囚人《しゅうじん》が脱走《だっそう》』

まったくほのぼのできない。しかも、続く文章にはとんでもない単語が含《ふく》まれていた。

『六日午後、国際《こくさい》指名手配犯を収監《しゅうかん》しているクイーンズライク収容所から囚人が脱走した。脱走したのは、ホフマン魔術《まじゅつ》学院出身の詠唱士《えいしょうし》を筆頭とする『サビーネ様と下僕《げぼく》たち』という盗賊団《とうぞくだん》であり、王国警察は王国詠唱士の協力を得てその足取りを追跡中《ついせきちゅう》』

少し前に巻《ま》き込《こ》まれた騒動《そうどう》の一部始終が甦《よみがえ》ってくる。その原因《げんいん》が娑婆《しゃば》に戻《もど》ってきたとなると、これは大事である。

クラウスの胸《むね》に、鈍《にぶ》く重たい塊《かたまり》が沈殿《ちんでん》する。こんなことなら、掲示板など見なければよかったかもしれない。

もうすぐ、大金が手に入る。自分にそう言い聞かせ、クラウスは掲示板の前から離《はな》れた。何も悩《なや》むことはない。もうすぐ、幸せになれるのだ。


「……もう一度、お願いできますか？」

そんな心づもりで向かったものだから、骨董品屋の言葉にクラウスは衝撃《しょうげき》を受けた。

「何度も言わせないでくれ。ビョーラー金貨の価値《かち》は百万分の一まで下落したよ」

この前とはうって変わって、骨董品屋の口調は横柄《おうへい》そのものである。

「一昨日《おととい》にね、リンドクヴィストの方で大量に質《しつ》のいいのが発掘《はっくつ》されたんだ。商売あがったりだよ」

骨董品屋は、封筒《ふうとう》をぱさりとカウンターの上に置いた。どう見ても中身はほとんど入っていない。

「さあ、それを持ってさっさと行ってくれ。掃除《そうじ》の邪魔《じゃま》だ」

呆然《ぼうぜん》と立ちつくすクラウスを、骨董品屋ははたきで追い払《はら》う。

停止した思考のまま、クラウスは言われた通りに店を後にした。

実感が湧《わ》き上がってきたのは、家にたどり着こうかというころだった。

最初に残った金は、組合関係でかなり使い込んだもののまだ多少は残っている。すぐさま以前の貧乏《びんぼう》生活に戻《もど》るということはない。

だが、先は見えている。遠くない将来《しょうらい》、再《ふたた》び食うに困《こま》る事態《じたい》はやってくる。確《たし》か再来月《さらいげつ》が住居税《じゅうきょぜい》の徴収《ちょうしゅう》なのだ。あんな家が課税の対象になるとは不条理極《ふじょうりきわ》まりないが、避《さ》けることはできない。

どうにかして脱税できないものかと法に背《そむ》いた考えを巡《めぐ》らせていると、

「クラウスさーん！」

突然《とつぜん》呼び止められた。

「はいっ!?」

考えていたことがやましいこともあり、必要以上に動転してしまう。

「……どうしました？」

声をかけてきたのは、トピーアだった。相変わらず、杖《つえ》を重そうに両手で抱《かか》え込み肩《かた》にもたせかけている。

「いやいや、どうもしないよ！」

相手は、一応《いちおう》国家機構《きこう》側の人間である。万が一にも悟《さと》られてはならない。

「本当ですか……？」

疑《うたが》わしそうな顔。つとに思うのだが、どうして自分はこんなに嘘《うそ》をつくのが下手《へた》なのだろう。

「トピィこそどうしたの、何か用かな？」

苦し紛《まぎ》れに話を逸《そ》らそうとしてみたところ、上手《うま》い具合に急所を突《つ》いたらしい。トピーアの表情《ひょうじょう》がみるみるうちに変化する。

「いや、ちょっと近くを通りがかったもので……」

「近くってここ丘の上だよ。ああこの台詞《せりふ》前にも言った気がする。いやそれ以前に、どうしてここが俺《おれ》の家だって分かったのさ？」

「え、えーっとぉ……」

トピーアの挙動不審《きょどうふしん》さがどんどんと増《ま》していく。

「そ、それは……つまり！　事件後の様々な悪影響《あくえいきょう》が被害者《ひがいしゃ》に残っていないか調査《ちょうさ》しにきたというわけです！」

様々な悪影響とはまた漠然《ばくぜん》とした内容《ないよう》である。心因性《しんいんせい》のものなのか魔力に関する何かなのかさえも分からない。

「さあ、調査です！　おうちへ行きましょう！」

すたすたと先へ行きかけて、トピーアは自分のローブを力一杯《ちからいっぱい》踏《ふ》んづけて力一杯転んだ。

「……大丈夫《だいじょうぶ》？」

「……僕ってやっぱり。あーあ」


庭にたどり着いた途端《とたん》、トピーアは周囲をきょろきょろと眺《なが》め始めた。これも様々な悪影響とやらに関する調査の一環《いっかん》なのだろうか。

「うーん、確かに何にもない庭ですねー……ルドルフさんの言ったとおりだな……」

「なに？　ルドルフがどうしたって？」

「どうもしません！　クラウスさんの聞き間違《まちが》いだと思われます！　王国警察《けいさつ》に知り合いはいません！」

「えっ、でも捜査《そうさ》とか協力してるんでしょ？　そもそも俺ルドルフが警官だなんて一言も――」

「あっ、クラウスさん！　あれなんですか⁉」

かなりわざとらしい仕草で、トピーアが庭の隅《すみ》を指差した。

「ん？……ああ、あれは」

それまでの疑問《ぎもん》を忘れてしまうほどの憂鬱《ゆううつ》が、クラウスをのみ込む。

トピーアが指差しているのは、ある二人の少女の私闘《しとう》もしくは死闘により全壊《ぜんかい》へと追い込まれた家庭農園のなれの果てである。

「あれは……そうだね。ある未来の残骸《ざんがい》、とでもいうべきかな」

「どうやら家庭農園みたいですねー。察するに、『茫漠の草木《デザートプレイン》』でも張《は》り巡《めぐ》らせてたのかな？」

クラウスの文学的修辞《しゅうじ》を無視《むし》して、トピーアが的確《てきかく》な分析《ぶんせき》を下す。

「うん、まあその通りといえばその通りだけど」

「どれどれー。えらく荒《あ》れてるみたいですが」

トピーアが、農園に歩み寄《よ》った。興味《きょうみ》を惹《ひ》かれてしまったらしい。仕方ないので、その後ろにクラウスはついていく。

「あらら……これはまた派手《はで》に壊《こわ》されてますね。野犬にでも荒らされたとか？」

違うのだが、似《に》たようなものかもしれない。

「でも、まだ植物は全滅《ぜんめつ》したわけでもないみたいですね。ほら、あそこを見て下さい。芽が出てますよ」

トピーアの指の先に目をやってみる。なるほど、植物の芽が出ている。水もやっていないのに、たくましく成長しているようだ。

「それじゃ、もう一度『茫漠の草木《デザートブレイン》』をかけなおしてみましょうか」

そう言うと、トピーアが詠唱《えいしょう》する。

『乾《かわ》く大地に根を張る命、騒《さわ》ぐ大気に音《ね》を借る檜《ひのき》。神の理《ことわり》の中なかなかに、高々育て保護《ほご》されし種子。恵草明育《けいそうめいいく》、懸叢平幾《けんそうへいいく》』

その詠唱が終わると同時に、植物はにょきにょきと成長を始めた。

「えへん。さっそく効果《こうか》が出たみたいですね」

にょきにょき。植物はどんどん成長する。

「これなら、今日中には収穫《しゅうかく》できちゃったりして」

にょきにょきにょきにょき。植物はとめどなく成長する。

「……ねえトピィ。『茫漠の草木《デザートブレイン》』ってここまで効果あったっけ？　なんか、詠唱の効果とかいう範疇《はんちゅう》を超越《ちょうえつ》してるような気がするんだけど」

エルリーの言葉が、ふと頭をかすめた。確《たし》か、繋詞《けいし》に不具合があるとかなんとか。

具体的に思い返そうとした頃《ころ》には、既《すで》に手《て》遅《おく》れだった。

「え」

花びらがびゅくびゅくと収縮《しゅうしゅく》しその内側に無数の牙《きば》が生えているという食虫植物真っ青の花弁《かべん》が、よだれとも溶解液《ようかいえき》ともつかない液体《えきたい》を垂《た》らしながらクラウスを狙《ねら》って飛びかかってきた。

「ぎゃあああああああ!?」

なりふり構《かま》わずクラウスは逃《に》げ出した。あんなものに食われて死ぬなど、この世でもっともおぞましい死に様に入るはずだ。

「うそ、やだっ、ごめんなさいクラウスさん！　僕《ぼく》こんなつもりじゃっ!?」

「ごめんじゃすまないと思う！　というかその前に助けて！　ほら見て服が溶《と》けてる！　あああ、どうして俺こんなついてないんだ!?」

花には足が生えていた。農園から飛び出し、クラウスを追いかけ回してくる。

「なんだこの不思議植物!?　生命の神秘《しんぴ》どころじゃないよ！　うわああああ助けてくれええええ！」

追いかけ回されるクラウスの悲鳴が、丘中に響《ひび》き渡《わた》ったのだった。

あとがき

皆様《みなさま》どうも、尼野《あまの》ゆたかでございます。

このたびめでたく、「ムーンスペル!!」の続編をお届《とど》けすることができる運びと相成《あいな》りました。これもひとえに皆様の応援《おうえん》のお陰《かげ》。心から感謝《かんしゃ》しております。

この「ムーンスペル!! 霧の向こうに……」ですが、話の筋は見えているのに肝心《かんじん》の文章がなかなか書き進めず、大変苦労しました。

そんな時神に遣《つか》わされた天使の如《ごと》く尼野の狭《せま》い六畳部屋《ろくじようべや》に出現したのが、最近ヴィジュアル系バンドのサポートで忙《いそが》しいらしい友人・Y内君が「出版祝いをやるからぁ（福井《ふくい》弁。語尾上がり）」とわざわざ宅配便《たくはいびん》で送りつけてくれたじゃがりこサラダ味一ケースでした。できればチーズ味がよかったのですが、「わざわざ送ってやったのにおめひってちょれーわ（福井弁）」といった感じで怒られそうなので贅沢《ぜいたく》を言うのはやめておくことにします。

ちなみにそのY内君からはしきりに同棲《どうせい》を持ちかけられています。いやーん全《まった》く困《こま》ったものだ。午前四時にメッセで「そろそろ寝《ね》る。いやあ最近生活習慣《しゅうかん》が規則《きそく》正しくなってきた」とか意味のわからないことを言ってくる人と一つ屋根の下で暮《く》らしたら、こっちもダメな感じにダメになってしまいそうです。現時点でも大概《たいがい》ですが。

そのY内君に関しては、「PC壁紙《かべがみ》パンチ事件」や「阪急《はんきゅう》電車淡路《あわじ》駅の天使事件」「バイト先のFマートに現れた天使事件」「真・三國無双《さんごくむそう》レベル10武器事件」「SDP事件」「シャワーが熱かった事件」「カレーが辛《から》かった事件」など色々話題があるのですが、いずれもアレな内容である上にもし万が一ばらしたりしたら「おめひってのくてぇわ（福井弁）」とヤンキーそのものの見えているのかいないのかわからないほどに細い目で睨《にら》み殺されそうなのでやめておくことにします。

とまあ散々《さんざん》ネタにしているわけですが、彼には冒頭《ぼうとう》のじゃがりこ宅配騒動《そうどう》を筆頭《ひっとう》に色々とお世話になっています。まあ今度飯でも炊《た》いてやってその恩《おん》に報《むく》いることとしましょう。この前の後書きでもちらりと触《ふ》れた五千円は利子無しできっちり返してありますし、上手《うま》くすれば貸《か》し借《か》りが差し引きプラスになるかもしれません。ニヤニヤ。

そのY内君を含《ふく》めた、周囲の沢山《たくさん》の人が前作「ムーンスペル!!」をわざわざ買ったり読んだりしてくれた模様《もよう》で、その感想を聞かせてもらう度《たび》にえもいえぬこそばゆさを感じました。嬉《うれ》しくて嬉しくて仕方ないのですが、同時にこうなんというか大変照れくそうございまして。

そうそう嬉しいと言えば、ファンレターや「目覚《めざ》めよ！ キャンペーン」関係のお葉書にも大変勇気づけられました。顔も見たことのない人が自分の本を手にとって読んでくれて、色々な感想を持ってもらえたという事実がとっても感動的でした。

皆様の声援《せいえん》その他もろもろを受けながら、これからも頑張《がんば》っていきたいという所存《しょぞん》です。ニヤニヤと見守っていただければ、これ幸いにございます。

二〇〇五年四月四日　　尼野ゆたか

富士見ファンタジア文庫

ムーンスペル!!
霧《きり》の向《む》こうに……
平成17年5月25日　初版発行

著者――尼野《あまの》ゆたか

発行者――小川　洋
発行所――富士見書房
〒102-8144
東京都千代田区富士見1-12-14
電話　営業　03(3238)8531
　　　編集　03(3238)8585
振替　00170-5-86044
印刷所――旭印刷
製本所――本間製本
落丁乱丁本はおとりかえいたします
定価はカバーに明記してあります
2005 Fujimishobo, Printed in Japan
ISBN4-8291-1723-0 C0193